# 门外汉的京都

舒国治 著

花城出版社
中国·广州

## 图书在版编目（CIP）数据

门外汉的京都 / 舒国治著. -- 广州：花城出版社，2024.10
ISBN 978-7-5749-0261-9

Ⅰ.①门… Ⅱ.①舒… Ⅲ.①散文集－中国－当代 Ⅳ.①I267

中国国家版本馆CIP数据核字(2024)第104586号

**著作权合同登记号 图字：19-2024-074**

本著作物经北京时代墨客文化传媒有限公司代理，由作者舒国治独家授权，在中国大陆出版、发行中文简体字版本。

| 出版人：张 懿 |
|---|
| 责任编辑：陈 川 |
| 责任校对：衣 然 |
| 图书策划：刘 平 黄 琰 |
| 技术编辑：林佳莹 |
| 封面设计：棱角视觉 ANGULAR VISION |
| 版式设计：@broussaille私制 |

| 书　　名：门外汉的京都 |
|---|
| 　　　　　MENWAIHAN DE JINGDU |
| 出版发行：花城出版社 |
| 　　　　　（广州市环市东路水荫路11号） |
| 经　　销：全国新华书店 |
| 印　　刷：北京盛通印刷股份有限公司 |
| 　　　　　（北京经济技术开发区经海三路18号） |
| 开　　本：787毫米×1092毫米　32开 |
| 印　　张：9　2插页 |
| 字　　数：138,000字 |
| 版　　次：2024年10月第1版　2024年10月第1次印刷 |
| 定　　价：68.00元 |

如发现印装质量问题，请直接与印刷厂联系调换。
购书热线：020-37604658　37602954
花城出版社网站：http://www.fcph.com.cn

怀此颇有年

不敢问来人

——集晋人、唐人句

# 新版序
# 京都唤出我的发现心

一

《门外汉的京都》出版于二〇〇六年。而兴起出这书的念头，来自一九九九年六月一篇我的《城市的气氛》（后来收入《理想的下午》）其中一句话："……他日或可不揣浅陋来写一小册子。"

没想到，真去写了。

但隔了五年。

我将这"不揣浅陋"犹自妄敢下笔的鲁莽，称为门外汉。

乃我既不懂日文，也少有研读日本历史，甚至完全不饱读日本文学。

然而这个人竟然那么样地控制不住，有一腔的游赏京都的话想要吐露出来。

遂成了这本《门外汉的京都》。

二

我到了蛮有一点岁数时才有机会到日本一游。一去到那里，马上感到颇熟悉。譬似我小时候似乎就一直有这么一丁点的"钻研"了。

我之观看日本有那么一些世故之眼，除了小时在中国台湾熏染一些"日本的周遭"（日本房子、日本巷弄、日本器物、日本式阴暗多雨夜晚中传来的盲人按摩笛声、木拖板击地之声）外，除了看了极多的日本片外，再就是，我是个宁波人也有点关系。

好，先说宁波人，再说日本片。

宁波人的港口，很易见日本的贸易，而器物也会流通。宁波的外海，原就多见日本的船只。海的另一面的那个国家，他的风俗，他的漆器，甚至腌鱼，甚至他的海盗，自宋明以来，相信宁波人早就有了解。

宋时日本僧人在中国修行佛学后，返程常在宁波等待上船。据说他们会买木雕佛像，带回日本。而宁波也有高超的工匠。

后来清末赴日的留学生，宁波绍兴原就极夥，不只是鲁迅、周作人兄弟，不只王国维等人而已。

再说日本电影。

幼年看日本片是一种极有趣、搞不好也极有价值的经验。

主要是，全只能收取画面。得到的，是纯然的"印象"，不是理解。是日本式的意象。日本人的动作，跑步的，走路的，演戏的，都好奇怪噢，好特别噢。他们是另一种人种似的，活在古代遥远的自幽空间。若非如此，他们怎么会那么走路、那么样地做动作？

听不懂他们讲话，看影像就已极丰富了。并且潜移默化地吸收了太多的日本凄楚、风情潇湘之美感。

至若日本电影里的打斗，那就更棒了。他们剑客的行于路上的气势，戴起斗笠的那种高不可测，还有挥动刀子的那种近距离之极有把握，哇，真是看电影的最高乐趣。

更别说那些《猿飞佐助》《赤胴铃之助》《黄金孔雀城》等的幻术武打片，更是教孩子们着迷不已！

这一切，都陪着孩子做着迷离幽凄的梦。而这梦里的景致，或许成为后日的某种眼界。

# 三

一九九一年我初游日本,已三十九岁。眼中所见,简直处处教我专注。它的无所不在的古味,怎么能保持恁久呢?城市内的大树,超过百年的、两百年的,似还在替它们延寿至八百年一千年而悉心供养着。

每一处木造楼梯的转角,我都能够细看;每一个玄关,我都不舍得迅速略过;每一个木头亭子,都值得我前后审视;每一片脚踏的砂地,我都走得好虔诚好满意;多少片长墙,教我真是多高兴地沿着它走;多少个山门,我不管是跨入或是站立其外,都觉得怎么会有如此好的地景!

太多太多。

我单单是观看无以数计的前说这些景物,便已然心中涌动到几乎只能写东西才得以抒发胸怀了。

我已经顾不了该不该调研得深刻些才来下笔了。

我写的,是我的用眼之美学经验。并且,是隔着颇一些距离的用眼习惯。后来,不管是不是自谦,我皆以"门外汉"称之。

所以书前我集了"怀此颇有年"（陶潜句）、"不敢问来人"（李频句，亦有谓此诗作者为宋之问）两句诗，来道出心声。

有时，用英文问人，未必奏效，索性用观察再加上猜测。这是全世界门外汉必用之法。只是我们同是东方人来观看日本，更多似知非知的微妙乐趣！

譬似京都旧书店，我固可以进去逛买，但只是看门外的汉字牌匾，已是极适意的文雅式观光。这在西方国家未必可有。而有不少家旧书店门口放的廉价品，如百年前的汉文教科书或小出版社早年出的书法碑帖，仅售一百円。而我只是翻览，已是观光中极美妙的小小片刻！

寓目的汉字，道出了你对熟悉物重见的欣喜。而你还不忘投注某种评鉴之心。写得好，心道赞。写得差，你或还笑它呢。

这在食物上当然也是。我不只一次讽笑过拉面之不堪。也不只一次赞过三轮素面才是村家吃面的本色。

乃我也是吃面吃饭的民族。说到吃饭，我们真是惭愧！中国台湾馆子里煮出的饭，少有听到吃客赞美的；而中国台湾人游日，每顿饭皆盛道日人煮得恁好！

秋冬游日，各处见柿子树上犹有未摘之果，稀稀疏疏结着晚熟却红透似火的柿子。这种景色，既是审美，也未尝不是对爱好自然之咏叹！

四

人在龙安寺看石庭，有时会坐下。这所坐的地方，称"缘侧"（engawa）。坐缘侧赏景，是日本的独绝。

即使不是赏枯山水，只是平常家庭有缘侧可坐，便教人感到幸福莫名。日本真是每一处空间也要发挥它的灵巧功能。

榻、床、玄关的阶梯，皆然。

建物中太多可教人坐或长跪的小小天地那种如同修行空间的"自处之地"。而我只是流目所及，居然盯着凝视，并且太目不暇给也！

故陈旧的神社，像三条大将军神社那个如同戏台的讲坛，旧旧的，荒而不怎么用的，最受我一经过就盯着看。

许多入门前的"候凳"，也好看。

太多的桥头，也好看到令你驻足。

传统旅馆的登楼、沿廊而行、推开纸门、入室坐下、再开窗面对小院……

数不清的设施，皆不见得是建筑家的创作品，是寻常老百姓生活下的手笔。然而充满着匠人的技艺。

这就像极高档极昂贵的料亭，他的食物制得极精美；而极寻常的小馆他的寿司他的鳗鱼饭亦制得极纯熟极美味你无可挑剔是一样道理。皆漫布着寻常过日子百姓他自有的匠心与专注的手笔！

我在这里看水的来历，看苔的植护，看石壁的垒砌，看寺院的散列，看车窗的流景……看这个看那个，甚少和人攀谈。这种纯看，似懂非懂，亦无意非要弄懂。这一看也看了那么多年，每次竟还能看到些新奇东西。噫，莫非将我昔年看到的似知非知事象今日再勾起新的视角，以求获些查证？

是这样吗？真是这样吗？

它令我一径在发现。发现我始终在寻觅的。或发现我原就似乎看过但不很真切、而今它明明白白放在你面前、却不管是实是虚都已然太值矣。

《门外汉的京都》转眼已十八年矣。念及当年是如此写它，而今日又如何回看它，好多好多我看事审趣的诸多随想层层浮现，在此粗略写下一些，是为新序。

# 目录

下雨天的京都　001

门外汉的京都　005

京都的黎明　043

京都的气　047

京都的水　051

京都的旅馆　059

京都的长墙　087

京都的手袋　101

京都之吃　105

宜采跳跃法来游　139

小景　147

　　　　　　日本人的鞋子　155

在京都坐咖啡馆　159

　　　　整个城市是一大公园　177

　　　　京都的晚上　185

　　　　　　日记游踪举隅　189

　　　　　　　　　　倘若老来，在京都　229

　　　　　跋——何以写此书　241

　　　附录——京都为什么好玩　249

下雨天 的

京都

在京都游赏，遇雨，有的人会恼，心想：怎么恁地倒霉！实则雨天之京都有许多另外的优处。很可能龙安寺的"石庭"便只有你一人独坐慢慢欣赏。

有一次我在京都正好碰上台风，整整两天雨下个不停，即使打伞，几个钟头后鞋子便全湿，在任何一处景点，皆因泡在湿袜中的脚极度不舒服弄得人不知如何是好，但有一刻我正好在嵯峨野大觉寺旁的大泽池畔名古曾泷迹旁的正方木亭子里，四处无一人，池中的鸭群也上岸歇着，空气是如此的鲜新青翠，这一刻，天地何等静好，横竖我也乐得坐在凳榻上等雨，竟不觉得有何不耐。

雨天，属于寂人。这时候，太多景物都没有人跟你抢了。路，你可以慢慢地走。巷子，长长一条，迎面无自行车与你错身。河边，没别的人驻足，显得河水的潺潺声响更清晰，水上仙鹤见只你一人，也视你为知音。碎石子的路面，也因雨水之凝笼，走起来不那么游移了。若雨实在太大，每一脚踩下，会压出一凹小水槽，这时你真希望有一双鱼市场人穿的橡胶套鞋，再加一顶宽大的伞，便何处也皆去得了。

雨中的车站最不宜停留，乃他们把来来往往的狼狈相定要教你收进眼里。他们露出对雨的不耐，并且赶着避开。

然而雨也的确透露某种意指，如天色向晚，隐隐催促你是否该动身了。奈良公园在雨中，多么好的地方，但你总觉得天色渐暗了，也确实真暗了，虽然表上只是下午三点，但人都走了，鹿群也各自找地方栖了起来，像是真散场了。

这种时候，是旅行中最大的骗局，断不可中了它的道儿。我正在东大寺东缘、二月堂的西缘，也几乎觉得该滚了，该让这低垂的夜幕拉上了；然而我偏偏没走，还赖了一下，不想十多分钟后，雨突然小了，更奇的是，远处的天空划出了亮光，如同雨霁后会出现的金轮（京都、奈良的天光最富于变幻这种清亮的佳色），而远远的东大寺外头似还有一二团晚来的游众，心情又暖了起来，我想真应该找个地方坐下来，像友明堂古董店，喝一碗主人看似随手打出却味至典正的抹茶，也好驱一驱潮气呢。

门外汉的

京都

不知为了什么，多年来我每兴起出游之念，最先想到的，常是京都。到了京都，我总是反复地在那十几二十处地方游绕，并且我总是在门外张望，我总是在墙外驻足，我几乎要称自己是京都的门外汉了。

很想问自己：为什么总去京都？但我怀疑我回答得出来。

难道说，我是要去寻觅一处其实从来不存在的"儿时门巷"吗？因为若非如此，怎么我会一趟又一趟地去，去在那些门外、墙头、水畔、桥上流连？

有时我站在华灯初上的某处京都屋檐下，看着檐外的小雨，突然间，这种向晚不晚、最难将息的青灰色调，闻得到一种既亲切却又遥远的愁伤，这种愁伤，仿佛来自三十年前或五百年前曾在这里住过之人的心底深处。

我去京都，为了"作湖山一日主人，历唐宋百年过客"（引济南北极阁对联）。是的，为了沾染一袭其他地方久已消失的唐宋氛韵。唐诗"清晨入古寺，初日照高林。曲径通幽处，禅房花木深"景象，京都在所多见。杜牧"南朝四百八十寺，多少楼台烟雨中"，在今日，京都可以写照。

我们于古代风景的形象化，实有太多来自唐诗。

因唐诗之写景，也导引我们寻觅山水所探之视角。

又有一些景意，在京都，恰好最宜以唐诗呼唤出来。如"晚来天欲雪，能饮一杯无"；或如"旅馆谁相问，寒灯独可亲""旅馆寒灯独不眠，客心何事转凄然"。乃前者之盼雪，固我们在中国台湾无法有分明之四时、不易得见；而后者之"旅馆"辞意，原予人木造楼阁之寝住空间，然我们恁多华人，竟不堪有随意可得之木造旅馆下榻，当然京都旅馆之宝贵愈发教我们疼惜了。

许多古时设施或物件，他处早不存，京都亦多见。且说一件，柴扉。王维诗中的"日暮掩柴扉""倚杖候荆扉""倚杖柴门外"在此极易寓目。

我去京都,为了竹篱茅舍。自幼便读至烂熟的这四字,却又何处见得?中国台湾早没有,大陆即乡下农村也不易见。但京都犹多,不只是那些古时留下的茶庵(如涉成园的缩远亭、漱枕居),茶道家示范茶艺场所(如不审庵、今日庵),即今日有些民家或有些小店(如嵯峨野的寿乐庵、圆山公园的红叶庵),皆矢意保持住竹篱茅舍。"竹径有时风为扫,柴门无事日常关"这二句,岂不又是京都?

我去京都,为了村家稻田。全世界大都市中犹能保有稻田的,或许只有京都。一个游客,专心看着古寺或旧庵,乍然翻过一列村家,竟有稻田迎目,平畴远风,良苗怀新,怎不教人兴奋?京都府立植物园跨过北山通,向北,走不了几分钟,便是稻田。嵯峨野清凉寺与大觉寺之间,亦多的是稻田。奈良的唐招提寺,墙外不远便是稻田。大原的稻

Kyoto for the Layman

田，竟是一片片地列在山上的坪顶，即使辟垦艰辛，也努力维持。稻田能与都市设施共存，证明这城市之清洁与良质，也透露出这城市之不势利。四十年前台北亦早已是城市，却稻田仍大片可见，何佳好之时代，然一转眼，改观了。

我去京都，为了小桥流水。巴黎的塞纳河很美，但那是西洋的石垣工整之美；东方的、比较娇羞的河，或许当是小河，如祇园北缘的白川，及川上伫立的鹤，与那最受人青睐的巽桥，及桥上偶经的艺伎[1]，并同那沿着川边一家又一家觥筹交错、饮宴不休的明灭灯火店家。夜晚的白川，是祇园的最璀璨明珠，称得上古典京都酣醉人生的写实版本。又白川稍上游处，与三条通交会，是白川桥，立桥北望，深秋时，一株虬曲柿子树斜斜挂在水上，叶子落尽，

---

1　一种表演艺术职业。

仅留着一颗颗红澄澄柿子，即在水清如镜的川面上亦见倒影，水畔人家共拥此景，是何等样的生活！家中子弟出门在外，久久通一信，问起的或许还是这棵柿子树吧。另外的小桥流水，如鸭川西侧的高濑川，只是近日旁边太过热闹，或如上贺茂神社附近的明神川，及川边的社家[1]。

我去京都，也为了大桥流水。子在川上所叹的"逝者如斯夫，不舍昼夜"，我人在中国台湾不易找到这样的河与这样的桥。而京都却不乏，且它原就称川，川水淙淙，长流而不断，你能在大桥上驻足看它良久。白日好看，夜里亦好看。这些大桥不因过往的车辆造成你停留的不安，便好似这些大桥原是建造来让人伫停其上一般，且看桥畔的栏杆便削磨得教人乐于扶倚，不论是三条大桥（鸭川），是

---

[1] 指那些世代担任神社管理和祭祀工作的家族。

出云路桥（贺茂川），是宇治桥（宇治川），或是那古往今来受人留影无数的岚山渡月桥（保津川）。

桥头便有小店，紧邻川水，何好的一种传统，教人不感临川的那股凄凉。电影《宫本武藏》中，武藏与阿通相约三年后会面的"花田桥"，桥头一小店，阿通便自此在店打工。这桥与店，今日的宇治桥与桥头的通圆茶屋，其不依稀是那景意？而通圆茶屋门前立一牌，似谓宫本武藏曾在此停留过。

由东往西，三条大桥一过，右手边一家内藤商店，是开了一百多年的专卖扫帚的老铺。试想挂满了一把又一把扫帚与棕刷的铺子，怎么不是桥头最好的点景？

为了氧气。京都东、西、北三面的山皆密植杉树，不唯水分涵养极丰厚，使城中各川随时皆水量沛畅，气场甚佳，且杉桧这类温带针叶树种，单位密度极高，保拥土水最深浓，释出氧气最优，我在京都总感口鼻舒畅。而我最喜在下鸭神社的"糺の森[1]"、贺茂川岸边、嵯峨大泽池畔以及鞍马山的森林等地漫步并大口深吸氧气。南禅寺南边的琵琶湖疏水之水路阁，沿着这条九十多米长的水渠散步，水流湍急，撞打出极鲜翠的气流，加上旁边山上的树林，此地亦成了我"氧气之旅"的佳处。最大片的林中漫步，则是在奈良公园。可自猿泽池始，向东，取有参天大树的路径而行。经过建在林子中的旅馆江户三，续沿春日大社的参道东行，于春日大社神苑附近北行，经过了古梅园墨庄，至二月堂，可稍憩也。台北人出到外地的城市观光，常感到兴高采烈，有一部分原因来自异地城市的佳好带氧度。须知台北的带氧度一向偏低。京都周边的山虽不高，但植被太厚，水谷穿梭蜿蜒，气水宣畅，霖泽广被，令京

---

[1] 是位于下鸭神社的一片古老森林。

都无处不青翠、无翠不光亮。即不说自然面，便是京都的人文面，各行百工脸上精神奕奕，亦是带氧度极高的城市。

我去京都，为了睡觉。常常出发前一晚便没能睡得什么觉，忙这忙那，打包乘车赴机场，进关出关，到了那里，飞机劳顿，已很累了，虽还趁着一点天光，在外间张望窥看，想多沾目些什么，却实在天黑不久便返旅舍，已有睡觉打算，一看表，才七八点。左右无事，睡吧。

第二天，由于前夜早睡，此日天没亮已起床，也即出门，四处狂游，至天黑已大累，不久又睡。待起床，又是天尚未亮。

如此两三日下来，睡得又多又早又好，整个人便如同变了一个人。精神极好，神思极清简，只是耗用体力，完全不感伤神。便这么玩。

每天南征北讨，有时你坐上一班火车，例如自京都车

⊖ 京都最佳是氧气,而下鸭神社的「糺の森」,不唯树木参天,更因西有贺茂川,东有高野川两条大河相夹成丫形,正当气场交汇之中央,气氧最畅。

站欲往宇治，明明只有几站，二十多分钟的短程，但才坐了一两站，人已前摇后晃，打起瞌睡来，坐着坐着，愈发睡熟了，几乎醒不过来，实在太舒服了，突然睁开眼睛，只见已到六地藏了，急急警惕自己马上要下车了，但仍然不怎么醒得过来，唉，索性横下心，就睡吧。便这么一睡睡到底站奈良，不出月台，登上一辆回程之火车，再慢慢往回坐。

为了置身在木头织编的古代村舍聚落里。即使进店吃东西、喝杯茶，买些杂项小品，也常在古老木造屋舍内。在京都七天或十天，可以每天如此，可以每餐如此。完全令自己依偎在古旧木作网织构筑的森林中。人不会在任何一处别的地方能和木头如此亲切地贴靠在一起，背倚着它，脚跪着它，每晚躺于其上。故我坚持下榻日式旅馆，每晚嗅着蔺草的香味睡去。夏夜浴毕，自斟啤酒，推开纸窗，听楼下市声喧哗,竟如电影《男人真命苦》寅次郎浪途情境。

这就是为什么我要在高濑舟(下京区西木屋町通四条下ル船头町一八八[1])这种没落的老店吃一客天妇罗定食,好让自己局坐在阴暗小肆那微沾油色的木柱柜台一角,就像是宫本武藏或某些潦倒武士当年的情境。

这也就是为什么我每次都要在安政元年(1854)创业的绵熊蒲鉾店吃几个现炸甜不辣(如基隆庙口那种,而非"天妇罗"),好教自己嘴里有小时候所有中国台湾小孩都最盼想的深浓熟悉自家门巷味觉。

这也是为什么我要在鞍马寺通往贵船神社这一段古老杉树森林中远足一段,令自己像是置身黑泽明电影《踏虎

---

[1] 全书为了让读者更好体会京都的特色,在不涉及阅读障碍、歧义的店名和地点保留了一些日本的汉字和假名,方便读者旅行时做参考。

尾之人》中源义经与弁庆等义士避仇逃难翻山越岭所经的森林路径。

说到重温电影中的古代境况,亦是在京都极有趣的经验。不审庵西面的本法寺,从来不见书上提过,我亦是某次不经意地来到,黄昏时的荒疏萧瑟,便有沟口健二电影中的凄凄悲意。譬似说,《西鹤一代女》。有时你去到这样地方,即使是不经意,所得之感受,较那些名胜、景点,更显珍贵。

向西不远处的本隆寺,倒常被提,虽更有名,景却平平。也可能因它更具重要性,常常修整,变得平庸了。而本法寺形同荒颓,倒因此更加迷人了。

京都各处隐藏着这种没有名气却极富古时魅力的小景,如三条通、东大路通以西的大将军神社,深秋的参天银杏,金叶闪闪,沙地空净,黄昏时乍然见之,竟教我徘徊良久。

便是绕看它旁边的三条保育所与儿童公园,也感到入眼怡悦,早把适才所逛不远处之笼新竹器、一泽帆布名店感受抛得干净。

事实上,京都根本便是一座电影的大场景,它一直搬演着"古代"这部电影,这部纪录片。整个城市的人皆为了这部片子在动。为了这部片子,一入夜,大伙把灯光打了起来,故意打得很昏黄,接着,提着食盒在送菜的,在院子前洒着水的,穿着和服手摇扇子闲闲地走在桥上的,掀开帘子欠身低头向客人问候的,在在是画面,自古以来的画面。

我们每隔几年来此一次,像是为了上戏,也像是为了探看一下某几处场景是否略略做了更动。在有月色的宇治川南岸土堤上清夜散步,发现已散戏了,人都离去了,只你一人,透过树梢可窥凤凰堂一角。再不就是看往川上,波光粼粼，与橘岛上静悄悄的松树与地沙。十多年前，我第一次来到京都，吓着了，我张口咋舌，觉得凡入目皆像是看电影。顺着街道走，见一店有工匠低头在削竹器，屋角昏暗处坐一老妇，哇，多完美的构图。接着一店在包麻糬，粉扑扑白皮中透出隐约的豆沙影子。再走没几步，看到着和服女将（女掌柜）至门口送客人，频频鞠躬。一直往下走，到街底，一弯，又是一巷，灯光依稀，仍是一家一家的业作，或是各自有各自的营生。有的捞起豆腐皮（汤波半），有的铛铛铛地敲着，把刀刃嵌入木柄里（有次），有的叠起刚才打造出来的铜质茶筒，铁色浑凝（开化堂），亦有登梯将高处的桧木洗面桶取下（たる源），有的店里陈列一双双带竹皮的筷子（市原平兵卫商店），有以铁线编折出网形的食器（辻和金网）……我可以一直往下看，真就像看电影，只要我的摄影机不关。

一个像你在看电影的城市。说来容易,但世界上这样的城市,你且想想,不多。

试想一个来自休斯敦这种没有一处有电影场景魅力的城市的人,乍然来抵京都,他会有多大的惊奇!或许他会说:不可能,除非是梦。

假如你喜欢看电影,那京都你不能不来。

若你喜欢吃好吃的,喜欢享受殷勤的服务,喜欢买质地佳美的东西,京都固好,然不来还犹罢了;但若说看,像看电影一样地看,则全世界最好的地方是京都。

这便是为什么我这个既不买,也不需服务,甚至也不特别去吃的门外汉却说什么也要三次五次十次二十次地来到京都,干吗,看。

为了这些,我不自禁地做了京都的门外汉。

门外汉者,只在门外,不登堂入室。事实上太多地方,亦不得进入,如诸多你一次又一次经过的人家,那些数不尽的世代过着深刻日子的人家。你只能在门外张望，观其门窗造型、格子线条，赏其墙泥斑驳及墙头松枝斜倚、柿果低垂之迎人可喜，轻踩在他们洒了水的门前石板，甚至窥一眼那最引你无尽向往却永远只得一瞥的门缝后那日本建筑中最教人赞赏、最幽微迷人的玄关。

一家一家地经过，便是在京都莫大的眼睛飨宴，甚至几乎是我在京都的主题了。

门外汉者，也不逢寺便进。有时山门外伫立张望，便已极好。须知京都寺院，何止千家百家？恰好散列点缀于市内各处，成为你随时走经、转头一瞥便古意油然而生的最佳市井风景。而山门，是京都风景最大的资产。这里一山门，那里一山门，是全城各处即使现代楼宇林立中依然最佳的点景地标，让人随时熏沐在古代情氛里。青莲院山门外那两株根盘枝虬大树，知恩院那巍然不可逼视的超大山门，何等气势。法然院坐落在山坡密林深处，阴暗中，远远一山门，顶为茅茸，似不起眼，走近一看，亦颇肃穆有威仪，门前一碑，谓"不许荤辛酒肉入山门"。金戒光明寺那阶梯高上、教人仰望不尽的山门，嵯峨释迦堂（清凉寺）那市井小路尽头突的巍立的庄严山门，凡此等等，太多太多，透过山门这通口望进去，深院寂寂，予人无限想象，倒不是只有戏剧中石川五右卫门登上南禅寺山门时大叫"绝景啊，绝景"那一处有名山门而已。一九五一年《罗生门》在威尼斯影展得奖，算是日本电影首次受到西方注目，而片头的超高极耸破败山门，绝对有令西人咋舌惊呼之重要因素。有些寺院未必能进，看山门便好；如岚山渡月桥头的临川寺，常年大门紧闭。有些寺院不甚有名，却山门依然很有看头，如"出町柳"站附近的光福寺。至若嵯峨野的二尊院，山门前一段坡道，极是肃穆致远，教人对寺内充满想象；实则买了门票进去，竟不如何精彩，山门倒还好看些。最有趣的山门，是坐在京福电铁这慢吞吞火车上，当经过"御室"站时，可望见北面那座巍峨庄严的仁和寺山门，那份惊艳，竟来自这一节极其小市民的电车上。故瞥一眼山门，算是点题，便已很好；一寺接着一寺进，原本不易好好在院中清赏。至若匆促中连看三数寺庙，往往弄混了哪个枯山水在何处寺院、哪个方丈有何殊胜之处。即此一节，若没留意，游京都最易暴殄天物也。

再说不少寺庙，亦不易进，游人如潮也。如清水寺、如大原的三千院、如奈良的东大寺。有的寺庙，地方局促，规划出一条动线，使人顺着此线走，后人推着前人，教人不得细赏流连，如银阁寺。

门外汉过各寺院常只是过门而不入；然而那些寺庙并非不值得进，而门外汉多年偶进一次，也会有意外收获。

譬如多年进一次龙安寺，不仅咀嚼那"枯山水"石庭，重新沉吟那十五块石头何以如此大小、如此配置，更懂得注意那堵作为背景的自然褪色却神龙飞扬的灰黑斑驳长墙。墙面之褪色，虽说距我第一次看，才十几年，却也有些微的剥落。若与一九四九年小津安二郎的《晚春》中所见相对照，则已显甚大之不同矣。又譬似进金阁寺，水中金阁固美，池上那些远远近近的石山、小岛，极有可看；经过十多年，金阁寺的石上苔痕与松姿，愈发养蕴得清美不可方物，我几要说每一块石每一株松都已是宝一般。然则即使门外汉要进此二寺，也非选一二月隆冬不可，乃游人少也。

于门外汉言，寺院之最美，在于古寺形制之约略，如山门之角度与框廓感，如大殿之远远收于目下的景深比例，如塔之高耸不可近视之崇仰意趣，如墙之颓落之绵延远伸，甚而如树之虬曲于寺内方正建物相对下之不规则……凡此等等，未必在于大殿斗拱之严谨精巧、所供佛像金漆之工艺华丽等细节赞赏。及于此，则进寺院往往仅作粗看，便已私心甚乐，从来不存登堂入室之想。譬似那些在特别季节才短短开放几日的一些堂奥，说什么狩野派的"袄绘"（纸门上的图画），说什么小崛远州的枯山水庭园，说什么谁谁谁的茶室，门外汉如我固也曾买票进去看过几处，终只是感到不怎么收于心底，逐渐也就不怎么进去了。

许多寺院之不紧连着进，非为惜其门券也。须知门券之设，隐隐有教人专注此一场所之细审慢详的意思，倘要匆忙求个概貌（不少观光客只能如此），往往看过随即又飘散了，还不如不进。

而又因门券之设，不免教人对之有较高的期盼。若进门一看，并不契合己意（或是景物委实不佳，或是自己未窥堂奥），反多了一分不满。此便是京都"门券情结"之情况一般，多半发生于欲在三数日之间广看众多寺院的赶景游客身上。至若门外汉者，并无意进某寺特别盯着某样国宝凝视，只求游神于美景之延展或建物之佳廊，眼如垂帘；则自无考虑门券的问题。

说到花了钱却不值得，的确亦有。明神川附近社家，有一西村家别邸，门券五百日元，未必有啥可观。银阁寺旁的白沙村庄，需费八百日元，也无甚出奇。落柿舍，颇有一袭气质，但墙内实太小，所费虽只一百五十日元，实则站墙外瞻仰更好；真进去了，一分钟后，便已找不到东西可看，只好出来，弄得像是极没意思。西面的常寂光寺，门票三百日元，太廉也，乃门内太有可看。其北的二尊院，入门五百日元，却不及常寂光寺十一。不花钱的，亦不乏佳所。涉成园便是（但要乐捐），园内亭桥颇佳，却无游人，更是不收钱的好结果。东福寺，墙外的卧云桥，不花钱，未必逊于花钱方能见得的通天桥。三年坂旁的青龙苑，山石嶙峋，池泉清美，山上山下几座茶室，任人远观不收费，依然是极佳之景。

花钱却必须去的寺院如清水寺、高台寺、银阁寺、大德寺、金阁寺、龙安寺、仁和寺、天龙寺等；而不花钱却仍值得去的有南禅寺、知恩院、永观堂、法然院、真如堂、金戒光明寺、建仁寺、智积院、东西本愿寺、东福寺，以及值得去百万遍的知恩寺。事实上，它愈是不收门票，你愈是可以淡淡地投以一瞥、匆匆地荡步经过，而得其约略之概，常常这恰好予人最有难以言说、甚而如梦似幻的气韵。而这才是最珍贵的。这也就是黄昏时恰经一寺，不妨也探头进去、院中略走，在暗沉中张望一下的道理。

所有的神社，皆不收门票，却照样景观轩敞，建筑精美，且它的形制更富日本原味（相较于寺院之常有"唐韵"),但看"鸟居"一式可知。又有一种建筑,如上贺茂神社的"细殿",四周无围,地板架高,有点像舞台,或用来演乐或论道之类,亦是甚庄严好看的建筑物。大的神社有,有时社区左近如同荒置的小神社亦有,甚至更残旧有味道。神社还有一种建物,称"绘马所",如同是古意盎然的大型亭子,可供人休息。北野天满宫的绘马所,每月二十五日的旧货市集,坐此不乏各色各样的老人。

京都的屋顶,亦是其风景绝顶资产,栉比鳞次,绵延不绝,人在高处稍眺,便立然可叹此等天工造物之奇。沟口健二一九五三年的《祇园歌女》,片头便是自高处缓缓pan摄(摇摄)东山左近屋顶群落,其间若有高耸物,塔也,完整古意的绝美城市!然自传统町家减少后(虽然,仍保持两万多家之数),黑瓦为西洋楼房平顶取代,固深可惜,终究是拜寺庙众多之赐,屋顶壮观之景依然称夥,堪慰矣。

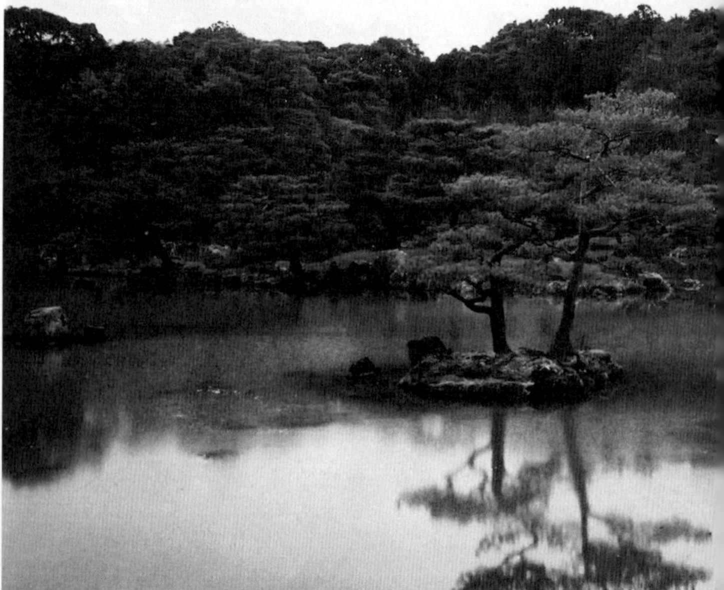

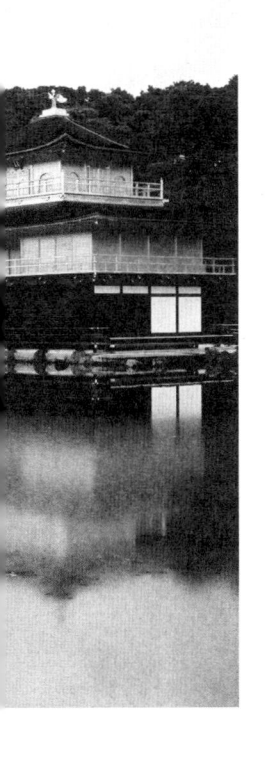

㊀ 水面微微结冰的金阁寺。赏看金阁寺的诀窍是，忘却身边不断的人潮，只凝视它精致之极的松、石、岛与水上的亭阁。

京都之花，亦是一胜。自古不仅骚人墨客，便是市井民众亦颇得赏花之乐，乃京都四时分明，每一季有其特开之花。春天之樱、秋天之红叶原不在话下，太多游客为此而来；至若四月灵鉴寺的椿，五月平等院的杜鹃，六月三室户寺的紫阳花，七月养源院的百日红，一月北野天满宫的梅花，太多太多，然门外汉如我，往往过眼烟云，不怎么得赏叹情趣。倒是"花"这一概略物，隐约令我与京都生了莫名牵系，并且颇可以古诗系之。"春城无处不飞花"这一句诗，奇怪，端的是予我京都的感觉。当然，京都原是一个花城。什么"落花时节又逢君"，什么"去年花里逢君别，今日花开又一年"，再就是"花近高楼伤客心，万方多难此登临"或"花径不曾缘客扫"等诸多"花景"，俱皆极合于京都，又皆极美矣。

我去京都，往往最主体的活动，是走路。即使各处古寺、名所皆不进,仅仅在路上胡走,我亦要说京都是极佳之城市。南禅寺参道向西出"南禅寺总门"那一条路(其间有瓢亭等),东大路通以东的春日北通、向东直抵金戒光明寺的山门,是我常走之路。

御池通以北、乌丸通以东、丸太町以南这一块商业区(有一保堂、本家尾张屋,有家具街夷川通等),老店老铺处处,却也宜于走路游目。

作为京都的门外汉,我总是不舍得不走路。若非走路,太多的好景说什么也看不到。倘在东山:圆山公园向南,看一眼野外音乐堂南边的芭蕉堂与西行庵。我所谓京都之"竹篱茅舍"感也。再向南,取宁宁之道,西有元奈古、松春、力弥诸旅馆,东有洛匠茶房、东山工艺,店家门面古雅之佳例也。即使无暇坐洛匠,望一眼它的院子,其中的水瀑、花、锦鲤,怡人也。东山工艺的木柜木凳,如寒士

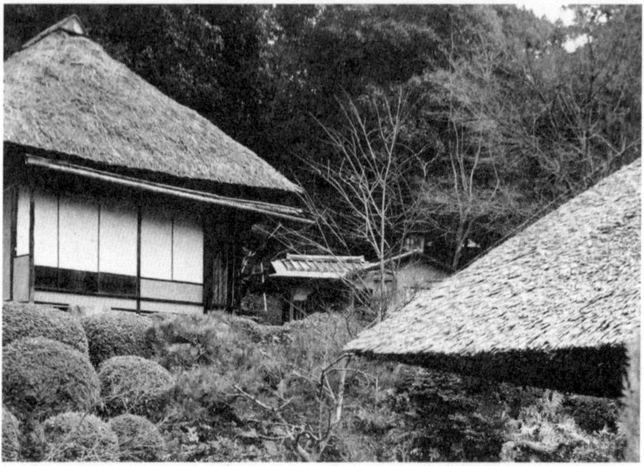

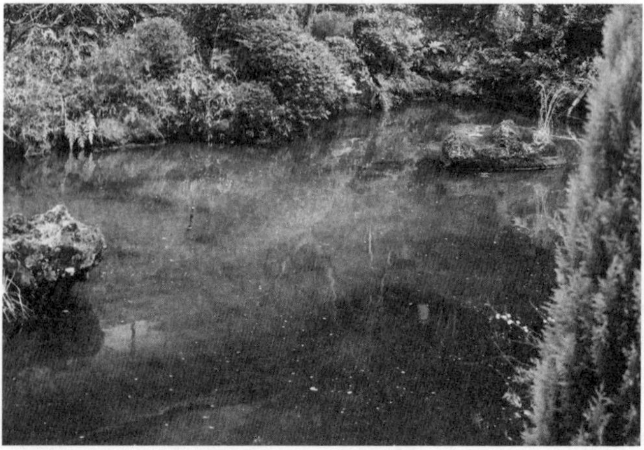

◎ 青龙苑。

遮掩在三年坂众商店后的古时佳美庭园，不收门票，却更悦目。

小店，再抬头望房额，有"鸢飞鱼跃"之字，志又似不小。力弥旅馆门口，有一候亭，小巧可爱。圆德院今常开放，院内"北庭"颇佳，据谓出自小堀远州（1579—1647）之手，然不进亦可，门外汉嘛。但向西一小径，称石塀小路，却不能不走。由东至西，曲曲折折，不过两分钟路程，我每次皆走上二三十分钟，流连也，不舍也，细细抚看也。这段小路清幽，却有来头的店颇不少，田舍亭旅馆亦在此。此处人家门庭修葺工整，树姿曼妙，教人赏之不厌。

再南，二年坂、三年坂，自古便是天成佳景的坡道，两旁店家，帘招洒然，行走其上，顾盼自得，却也不必忙着进店。中国的黄山，奇景仙绝，然黄山脚下不会有清水寺脚下的二年坂、三年坂那样的古风商家，风味上实称憾也。

青龙苑，今外围有众店环绕，实院内有泉石之胜，此苑不收门票，然景致全不输许多名庭名园也。乃它高处树景石景俱出色外，几幢茶室，高低起落，大小有致，何处觅此等佳景？

八坂の塔的前后左右小径，也多的是人家、商家好景，值得缓步细看。文の助茶屋小庭凳上坐着吃冰，略得村家之乐。

你若已去过哲学之道，不妨试试京都南边二十分钟火车车程的宇治。在宇治川的两岸漫步，江水淙淙，但岸路幽静、屋舍清美，即使不进平等院，不进源氏物语博物馆，不进对凤庵喝抹茶，也依然可以赏心悦目、澄涤胸襟也。

京都有我认为举世最佳的陪伴人走路独绝屏障景，即长墙。此长墙常是土墙，色最宜人，质亦教人觉着舒服，能在此墙下行路，总希望能走得久一些，别那么快断掉才好。墙有时太过教你着迷了，竟连墙内的寺院也不想进了。便因有墙，京都的夜晚变得更美，更富气韵。而月圆之夜，恰也因地面有长墙与之相映，使月不致孤悬也。（请详《京

都的长墙》一章）

岚山的散步，宜始于天龙寺北门的大竹林，向北往常寂光寺、祇王寺、化野念佛寺一路行去，再沿着濑户川的北面向东往大觉寺而行，便可见处处稻田、家家菜园，并在大泽池畔盘桓歇息。

而去岚山，应乘火车，JR（日本铁路公司）嵯峨野线的铁路高度约当二三楼，以此高度滑行地眺看京都，正好。出京都站不远，见北面有大片绿地，便是梅小路公园。它不被细写于指南书中，游客正好从车窗瞥一眼可也。第一站，"丹波口"，早上八点多的班车，有百分之七十乘客在此下车，奔赴工业园区一类地点上班也。此地以西，概为京都最不好看之区，游人原不易至。第二站，"二条"，东面可眺二条城。第三站"圆町"。将近第四站"花园"，北面有大片庄严屋顶群落，甚吸引我人目光，这便是有名的妙

嵐山

心寺。车停花园，驿北正对着法金刚院，亦我所谓"车窗外之佳景"也。而西北方一片绿树山坡，即"双ケ冈"也。人若玩过三五天最 highlight（精彩）的京都，这"花园站"可下车来游。车续西行，南面又有屋顶佳景，则广隆寺也。须臾抵目的地"嵯峨岚山"。另有一游赏诀窍，车抵岚山，不下车，续往龟冈坐去，中经保津峡，可在车上俯瞰峡谷间的保津川湍流，虽只一瞥，亦惊艳也。抵龟冈，不出站，乘回程车再返岚山可也。

河原町四条，看人景之地方。日本少女，寂寞的代名词。她走路像是走向她永远不知的所在。她没有地方要去，而她一直在走。她的嘴巴看来是没有语言的，她用她的发型与她的面部化妆来表达她的寂寞。她与她曼妙的发型及花极长时间化出的妆厮守在一起。她没有话语。

有时我在贺茂川边，觉川上寒风冷冽，莫非今日有下雪之兆，索性在出町柳站旁おにぎり屋さん当小铺[1]（左京区田中上柳町五十三番地）买了几个饭团，登上叡山电铁，悠闲地坐着小火车，三十分钟，抵鞍马。沿途已自车窗眺见比叡山山顶银光耀眼，雪也。及至鞍马，亦有雪。吃着饭团，见往来游人颈上还系着刚洗完温泉的毛巾，岂不又像是寅次郎所经之乡，噫，何好的一个冬日下午。

这些我一径立于门外、不特别进去的地方，竟才是最清新可喜的地方，亦是我一次又一次最感隽永、最去之不腻的地方。终弄到要去写它一册小书，专门叙说这类张望、一瞥、匆匆流目等所见的京都，并且多言那不懂日文之惊喜或猜想，多言那自管自享受的异地幽情，多言那没有电话、没有熟人、似被逐弃的某种寂寞之自由自在的天涯旅人之感也。

---

1　贩卖便当饭团的小店。

# 京都的黎明

京都的黎明最当珍惜，看官你道为何？乃日本人不大有一早至公园打拳、做体操、练气功、跳有氧舞这一套（与中国人相较，此可见日人之自我、制约，且每人有其相当之个人主义讲求，无意与他人同摇互摆之又一斑），于是那些公园、绿地、山麓等空旷公共空间几乎不见一人，此一刻，你可完全拥有。

倘有一个导游，带领七八个风雅高士作一趟如痴如醉的文雅之旅，或许天蒙蒙亮领他们来到嵯峨野的大泽池（只能到这类地方，太早各寺院还没开），或许还带着古琴的CD（激光唱盘），用walkman（随身听）装上两个轻便的小喇叭，将之放出，各人在池边各处或散步或驻足，或倚树或坐石，或立桥上或卧船头，眼前鸭雁轻游，树影婆娑，耳间流荡着《平沙落雁》或《幽兰》，且看这是何等的幽幽凄凄感受。如此徜徉一阵，当太阳升得高了，光线开始刺眼了,便大伙可以出发吃早点了。

黎明,原本就具有稍纵即逝的珍贵,恰好京都的黎明更值得宝贝,乃一来无闲杂人,二来景在迷离天光下更富佳赞,三来游人只知往古刹名寺而进,而寺院恰要八点半、九点才开,愈发令那些不花钱的角落更加受人忽略,岂不更好?

盛夏的黎明更是宝贵。一来天亮得早,黎明自然变长;二来太阳大时,人往往常避室内,一天中许多光阴皆不愿在户外,黎明益发寸寸是金。

言及夏天,游赏京都固不是最佳美时节,然它的清晨(四时半至八时)与它的黄昏(六时至八时)最是可人。再就是,它的夜晚,无尽的夜晚,不管是散步于三年坂、二年坂、宁宁之道,散步于白川、祇园,散步于岚山、嵯峨野,或是买醉于先斗町、木屋町,皆是别的季节所无法比拟的。

京都的气

多年来，我每次站在金阁寺或龙安寺附近，总觉得这一片京都西北角的山势与色调光景最是净透爽飒，最是亮堂堂的鲜绿，颇有陶渊明"山气日夕佳"的清晰感受（乍想到金阁寺内恰有一"夕佳亭"）。我想这是"气"的关系。不像东山，山麓好景虽不乏，但贴近山时，总是阴气颇重，如法然院到灵鉴寺一段，如圆山公园东面长乐寺附近。金阁寺附近便不同，此地称"衣笠"，很想沿着山脚在人家菜田阡陌散步一阵。

若乘京福电铁再向西，中间经过鸣潼、常盘、车折时，光色稍灰晦，不甚悦目，然至底站"岚山"，出站一望，远近山色又佳了起来。岚山嵯峨野，景观变化颇大，有时一日之中，一下微云，一下又烈日，一下又浅雨，一下又雨雾，一下又既雨且出太阳形成了彩虹，甚是有趣。

东山三十六峰，借景可以；贴近去看，无景也。银阁寺左近，走来走去，山边人家住得甚是晦暗，连房舍都显残旧了。

这些寺庙皆已贴山贴到不能再紧迫之地步，若想往寺后爬山，应当说不可能，它只供做植被，养护树土之需。树与树间的地面，多湿土也，不甚有坚硬成阜的石岗，甚或不具任人伫停的空间。

在京都，不兴爬山。倘要竟登临之乐，至少也要出城。鞍马寺向上爬，也只能说有登山步道、巨树神木可见而已，景致并不出色。

宇治，多好的一个小镇，自源氏物语博物馆往宇治上神社，再至宇治川边，这样短短一条路，教人走上无数遍也不厌，走着走着，不免会想，这些佳景背后的那座小山"佛德山"或许不错吧；结果我真去登了，不唯无啥天成形势，树景也差，不值游也。

京都的山景确有此等不足。不若其水景、花景、庭景、屋舍景、街衢景、墙景、山门景、寺院景等之精绝无可凌越。

便说北京西郊的香山之风景，京都也找不出来。更不说安徽的天柱山、浙江的雁荡山那种鬼斧神工的山景了。

或许正因如此，日本人反求诸己，将自然中无法拥有的，勤力表现在人文种种情境中，终而积淀出京都这么雅致的一片天堂。

京都的水

这个城市教我最佩服的，同时也最羡慕的，是它的所有水流皆有来历，也皆有下落。这见出人类最崇高的宽容心。

也是人类对于自然界尊敬之显现。

事情是这样的。某次在上贺茂神社，见山坡下一泓小水，只是土泥之间撮起的一条凹槽，像是山上树林间蒸出的一股湿润，却也涓涓而流，附近是曲水流觞的演习地，心想：这撮小涧怎么也留着它？后来出了神社，往南看迳明神川左近社家，再一想，搞不好适才所见的小水，最终亦流入这条漂亮的川里。接着在上贺茂小学附近人家胡走，发现小河一忽儿在巷道中走，一忽儿又窜入人家院子中，不久又窜出来。这要是在中国台湾，人们为了自家少沾因水而来的麻烦或许早就把它截掉，或者压根就不令之进家院来。但日本人不会。这是何等讲理的地方啊。不禁忆起黑泽明的《椿三十郎》片中便有一溪穿过两家的画面，上一家的落花，下一家可在溪中见到。

另就是，在三条通、四条通近木屋町通，有一条高濑川，它离东面的平行大河鸭川，相隔没几步路，若是在台北，我们早把它覆盖了或填了，只留鸭川这条主河，如此高濑川上的水泥便平白多出了许多陆面。但这是台北人的便宜算盘，京都人硬是不如此。

乃我来自一个将水胡意遮盖、胡意斩断、胡意填埋、胡意截弯取直的城市，来抵京都，见此流水的自然天堂，深有感触也。

修学院离宫南面有音羽川。曼殊院与诗仙堂之间有一乘寺川。下鸭神社东面有一条泉川。

化野念佛寺东面的濑户川，向下汇入桂川。

南禅寺旁的"水路阁"，及琵琶湖疏水道，这条水渠大约向西便是沿着冈崎公园南缘那条,甚至也是向南成了白川往祇园而去。

由于河流多,京都的地势之稍显起伏,便自看出来了。甚至太多的佳景也因之产生。像祇园的白川,特别是流经白川南通在新桥与巽桥附近,无论日景、夜景,甚至雨景、雪景皆是无与伦比之美。

哲学之道所沿之水渠亦美。

那么多的让水经过之路径,于是有那么多的水畔、那么多依水畔而栽的花树、那么多依水畔而行的恋人与沿着水侧而奔的慢跑者,更别说那些顺河面轻轻拂送而来的佳气与逐它而栖的飞鸟了。

除了河流,京都的池塘亦留得很多。

嵯峨野大觉寺旁的大泽池是我蛮爱去的地方。向东尚有广泽池。

上贺茂东面的深泥池，再东的国立京都国际会馆旁的宝ケ池。

岚山野宫神社西面的小仓池。

更别说寺院中精心打理的池塘了，像金阁寺的镜湖池、龙安寺的镜容池、天龙寺的曹源池等。

这些水，不管大的小的，皆是京都的宝贝，但也是克服无尽的麻烦换来的。

又京都不少寺院、神社的涌泉亦见出这个城市的得天独厚。这些泉水，往往来自千百里外高山的源头，经过山缝地底东走西绕，终于在某个泉眼底下涌了出来。这些泉水，如今犹大多还涌出，令参拜者舀上一瓢，净净手、漱漱口，也清一清他的心。

泉水之不枯竭，也在于远处高山林野之悉心保护。观察泉水之继续涌出，亦可查知千百里外的生态是否遭受破坏。

京都周边，山并不高，却川上的水势恁丰沛，可见它的山上植被做得极好。城内的吉田山，仅一百零五公尺[1]；修学院横山，仅一百四十三公尺；船冈山仅一百一十二公尺，清水寺所在的清水山仅二百四十三公尺。城外的山，像北面的鞍马山，五百一十三公尺；东北面的比叡山，算是最高了，也只八百四十八公尺。

相较于台北，郊外阳明山便超过一千公尺，其余重重叠叠小山不知凡几，但却没见几条河流，何者，便是将自然界的水，人为地做了一些了断。

曾经我站在鸭川边，见流水淙淙，何等的清澈凉洌，川上时有飞鸟伫停，准备觅食。川的两岸，有几撮人散坐石上，与我一样享受着这空灵却又流畅的无尽延伸野外。

---

[1] 1公尺等于1米。

从那一刻起，我爱上了京都的河川。后来我更发现了上游的贺茂川，尤其是出云路桥西端北面那一段，常单独一人在那伫停不走，甚至借着野餐的名义在那里多赖一赖，像是偷偷躲避似的选此私密角落。

京都去了一二十次后，有时寺院亦不忙着进了，名街（二年坂、三年坂）雅巷（石塀小路、上七轩）亦不非走不可了，名馆名所名店也可去可不去后，我发觉我总是找借口往河边而去。河边，为什么？难道是小时候逃学最向往的一处梦想场景？抑是年齿渐有后，于空闲开旷既稍具野意却又不算偏离人烟的户外大荒最感深获己心乎？

京都的旅馆

住日本传统旅馆（Ryokan），便是对日本家居生活之实践。而此实践，往往便是享受。出房间，拉上纸门，穿拖鞋，走至甬道底端，进"便所"（是的，日本人也这么称呼），先脱拖鞋，再穿上便所专用之拖鞋。若洗澡，常要走到楼下，也在甬道尽头，也要先脱拖鞋，赤脚进去，在外间，把衣衫脱去，再进内间，以莲蓬头淋浴。有的旅馆稍考究的，除莲蓬头外，尚有澡缸之设；或只允许你以瓢取水，淋洒在你身上；也或允许你坐进大型浴盆内泡澡的。概视那家店的规模而定。

当旅客洗完了澡，穿上衣服（常是店里所供应的袍子），打开门，穿上拖鞋，又经过了甬道，再登楼，又听到木头因岁月苍老而发出轧吱声，经过了小厅，回到自己房间，开纸门，关纸门……经过了这些繁复动作，终于在榻榻米上斟上一杯茶，慢慢盘起腿来，准备要喝；这种种进

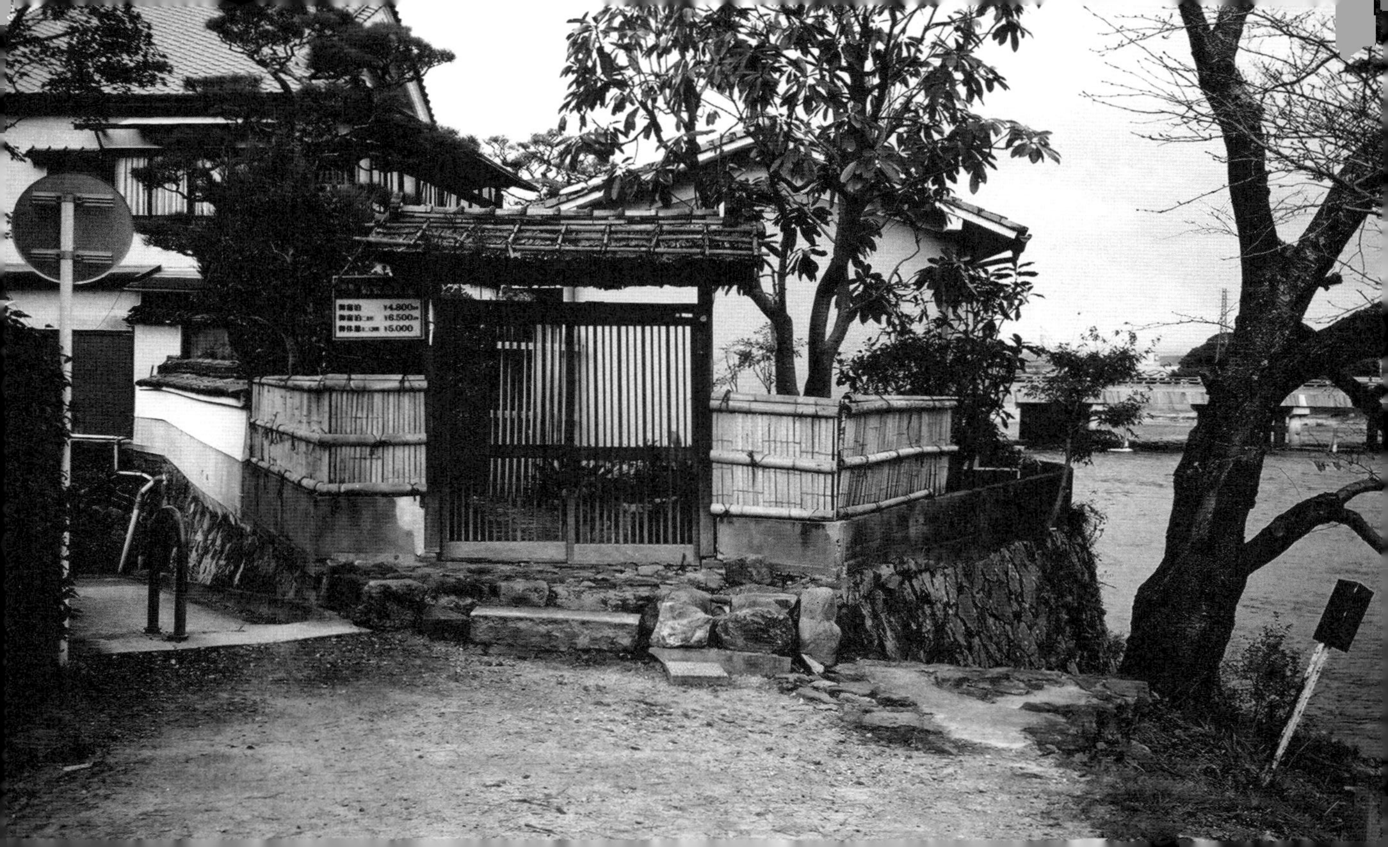
御宿泊 ¥4,800
御宿泊 ¥6,500
御休憩 ¥5,000

进出出，上上下下，穿穿脱脱，便才有了生活的一点一滴丰润感受。此种住店，又岂是住西洋式大饭店铜墙铁壁甬道阴森与要洗澡只走两步在自己房内快速冲涤便即刻完成等过度便捷终似飘忽无痕啥也没留心上所能比拟？

它的房间，只六个半榻榻米大，却是极其周备完整之一处洞天。有窗，开阖自如，可俯瞰窗下街景市声。这窗，也颇中规中矩，常做两层，朝街道的，为铝门窗；朝房间的，自然是木格子糊纸的古式纸窗。日本生活之处处恪守古制，于此亦见。有龛（日人称的"床の间"），如今虽多用来置电视机，却仍有型有款；加上龛旁单条的多节杉木柱子（日本建物不讲究对称），此一形制，令虽小小一室亦有了主题；有泥黄色的土心砂面之墙可倚靠，日本房间的墙是它的最精妙绝活；其色最朴素耐看，不反光，其质最吸音。如此之墙，加上其纸门纸窗，人处此等材质之四面之中，最是安然定然。日本的墙面，即令是寒苦之家，亦极佳适，非西洋及中国可及。再加上它的榻榻米，既实却又柔，亦吸音，坐在上面，人甚是笃定。在这样的房间里，喝茶、吃酒、挥毫、弹琴，甚而只是看电视，皆极舒服。

但在这种房间，最重要的事，是睡觉。正好日式房间的简朴性，最适于睡觉。故最好的方法，是不开电视。须知好的电视节目会伤害睡意。完全的纯粹主义者（如来此专心养病者，或是关在房里长时间写剧本者），甚至请老板把电视机移开，令房间几如"四壁徒然"。倘你能住到这样的旅馆，表示你已深得在日住店的个中三昧了。

游过京都太多次后，每日出外逛游便自减低，倒是在旅馆的时间加多，这时不管是倚窗漫眺（若有景），是翻阅书本，是几畔斟茶，是摊看地图，抑是剪指甲剔牙缝抠鼻屎等等，皆会愈来愈有清趣，而不至枯闷；并且合这诸多动作，似为了渐渐帮自己接近那不久后最主要的一桩事，睡觉。

京都是最适宜睡成好觉的一个城市。乃它的白日各种胜景与街巷处处的繁华风光，教人专注耗用体力与神思，虽当时浑不觉累，而夜晚在旅馆中的洗澡、盘腿坐房、几旁喝茶或略理小事等众生活小项之逐渐积淀，加上客中无电话之干扰、无家事之旁顾，最可把人推至睡觉之佳境。

又传统小旅馆，厕所及浴室皆在你的房间之外，走出房间，只能拉上纸门，无法上锁；此种种情形，令有些人感到隐私与自在性不够，且个人财物之保障亦不足，这不免令有些凡事特喜强调自己绝对主导、自己必须掌控之人更是不能忍受；但我觉得还可以。主要它很像你投宿在亲戚家（君不见，店家的猫在你脚边看着你换鞋，而耳中传来掌柜孙女的钢琴声），同时更好的，你还能付钱。平常我们说，希望能到人家家吃饭而又能付钱，便是这个意思。

近年我多半下榻京都火车站附近的传统小旅馆，最好是不登录在旅馆协会广告上，也不著录于指南书上者。并且要小到令修学旅行的大队涌入的中学生也不可能住得进来。所谓小，只有房间六间，住一晚四千五百日元。在淡季，住客往往仅我一人，每天一早出门，在玄关取鞋，鞋柜中只有我的一双鞋；晚上返店脱完鞋，放柜时，柜中全空。有时一连好几天皆如此，甚至我都觉得有些冷清清的。终于有一天，回返旅馆，见柜中已先放了一双鞋，心道"有邻居了"，竟感到微微的温暖，同时系着一丝好奇，"不知是何样的住客"？便自回房。往往次晨至玄关取鞋，那人早走了。其间连一面也没碰上。亦有在甬道听到纸门开关、人进人出的声息却没见着人的情形。这种种，皆算是小旅馆之风情，亦沁渗出某种"旅意"。十二月中这种淡季感觉最好，乃红叶期之喧腾刚过，游人散得精光，却疏红苍黄的残景犹存，仍得欣赏；且寒意已颇有，此时来游京都，最是清美。下榻小旅店，夜晚之寂意，教人最想动些独酌或写诗的念头。有时见店家有吉他，借它在自己房中慢拨轻唱亦甚纾旅怀。

倘若一夜下了雪，清晨开窗，惊见白色大地，这种感受，也是木造旅馆比较丰盈。宇治的菊家万碧楼，贴临着宇治川的南岸，在这样的小旅馆推窗见雪，并且是飘在大河上的雪，想想会是怎样一种情味！莫不像二十世纪五十年代日本"总天然色"（彩色）电影的那袭东方式青灰调。菊家万碧楼价颇廉，素泊才四千，带两顿饭也不过六千五。二〇〇四年十月中我去到宇治，见旅馆招牌不见，且正在装修，一问之下，原来要改成一家咖啡厅（café），可惜。

传统旅馆尚有一缺点，便是宵禁（curfew）。亦即，你必须十点半或十一点以前返店。乃店东会等门,你若晚归,他便只好晚睡。甚而他们全家还不敢去洗澡;须知平素多半是房客陆续洗完,店主人一家才开始洗。

有此宵禁,便有的夜晚不能尽兴。譬似人在京都十天,总想某一夜玩得晚些;或在居酒屋喝得酣畅些,或是在某几处幽静的街道上散步得远一些、久一些,或是看一部日本老的艺术电影,总之令良夜别那么早早结束,这样的感觉在旅次最是可贵。噫,如何能教这区区的宵禁便给坏了呢?当然不能。故而有经验的旅客会在八天十天的hotel(酒店)住宿中挑出一两天搬到西洋的旅馆住,也同时令自己换换气氛。

选住此种传统旅馆,以二层木造结构者为正宗。京都大多的二层木造房子,倘在旧市区,一百年老的,不算什么。当然,多半会在四十年前或三十年前做过一次大装修

（前说的窗，外层用铝质，内层用木格糊纸，便是装修之证）。那种以钢筋水泥建成五楼七楼的新式架构，再在内部以传统木材、泥材装隔成和式房间者，便因其整体呼吸并非全木造之一气呵成、牵一发而动全身的柔弹有韵，便住来不甚有意思矣。甚而说，不值一住。

京都自古便是观光与参拜胜地，旅馆极多，其散布，各区自有其区域色彩。据松元清张与樋口清之的考证，传统上言：东山山麓与中京多传统式古建筑旅馆（如井雪、お宿吉水[1]、俵屋、柊家）。岚山周边多近代和风高级旅馆（如岚山温泉岚峡馆、岚山辨庆）。三条与四条间的鸭川旁多专供学子修学旅行下榻的旅馆。东西两本愿寺附近多团体客旅馆。面朝鸭川与面朝桂川多料理旅馆。南禅寺门前

---

1 吉水客栈。

多温泉旅馆。站前与蹴上多西洋式旅馆（如 Miyako Hotel，即都酒店）。

有的人为了太过欣赏日本旅馆，便打定主意在游京都时，说什么也要住一住那些耳闻已久的名店，如柊家、俵屋、炭屋等。

名店，只能感受它的历史、想象它的精致却又素雅甚至质朴的优良传统，未必适宜下榻。乃不够放松也。另就是，住不起，至少我是如此。柊家、炭屋这些老字号，住一晚带两顿饭，需三万一千五百日元，享受固享受，所费委实太昂。且不说其事先预订往往排到半年一年之后。又名店，既付了昂贵房钱，浴室与厕所便绝对建在你个人的房间里，这么一来，代表他改过装潢——须知原始的建筑不可能每间房中设有浴室——此种古迹般的房子动过装修工程，在完美主义者的纯粹要求下，便扣了大分，甚至于，

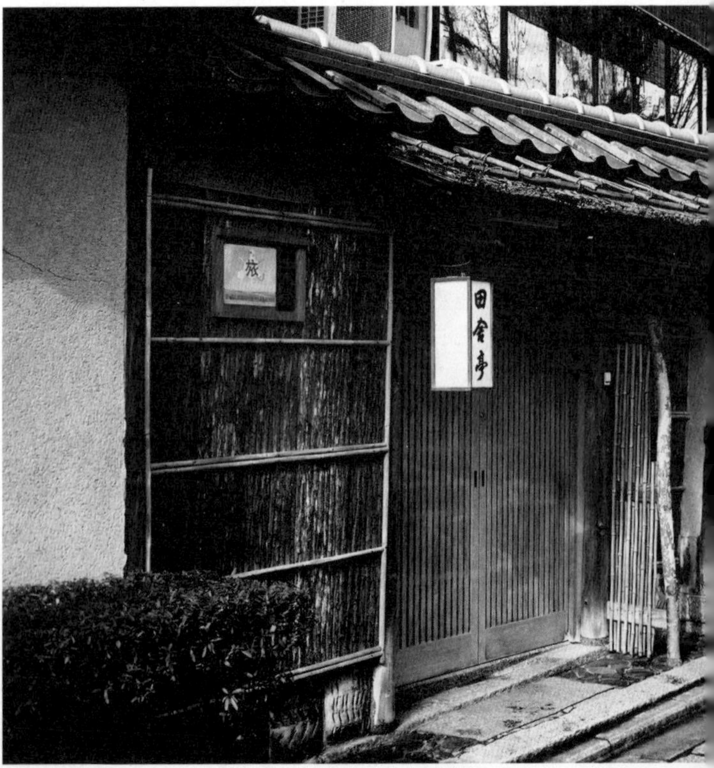
旅
田舎亭

◎ 坐落于京都最有价值的一条路——石塀小路——的旅社田舍亭。

不值得住了。

名店，还不仅仅只是这几家老的、贵的、带高级料理的而已，乃京都是旅馆的至高首都，太多的店，经过岁月，皆早已驰名天下，像石塀小路的田舍亭，宿费虽八千九百二十五日元，亦仅六间房，但也是极难订到。何也？名气也。像京の宿石原（中京区柳马场通姊小路上ル七六）也只六室，宿费一万零五百，由于是大导演黑泽明来京都常下榻的旅馆，自然也成了名店。还有如其中庵（圆山公园内），环境甚好，宿费八千四百日元，但不租予外国人。至若坐落在白川边上的白梅，位置优雅，可赏小桥流水与樱花，然我某夜散步白川南通，抬头见一老外在二楼房间更换和服，哇塞，此房间之作息岂不完全曝于路人前？

那种一泊附朝食（住一晚带早饭）的小旅馆，所附的早餐，未必值得吃。须知打理旅馆已很忙了，要再专注于做饭，不甚容易，故不少食品是外头买来的成菜，如那块盐腌的鲑鱼，往往吃后一个早上打嗝皆是它的类似不够新鲜之腥味。

虽说一早起来能吃到一顿家庭式的饭菜是多温馨的事；但对不起，这样的家，多半的旅馆还达不到。

高级料理旅馆所附之晚餐，倒是精心慢烹细调出来的，只你不是那么容易消受。且说早上先吃了一顿丰盛佳肴，接着出去游观。至下午四点多钟，你已开始微微紧张，不时提醒自己切莫迟归，总算五点多钟返店，便去洗澡，换上舒服衣衫，准备吃饭。然后一道一道菜上来，你不但需以目光细细品赏菜色之精巧布局，几近不舍得动箸破坏它，但还是不久将之放入口里，滋味鲜美不在话下，却又不敢太大口地囫囵吞枣，免得失礼。照说吃这种高级料理，尚

㊀ 料理旅馆菊水进门处。匾额题「寿而康」,予人起居安适之信任感。

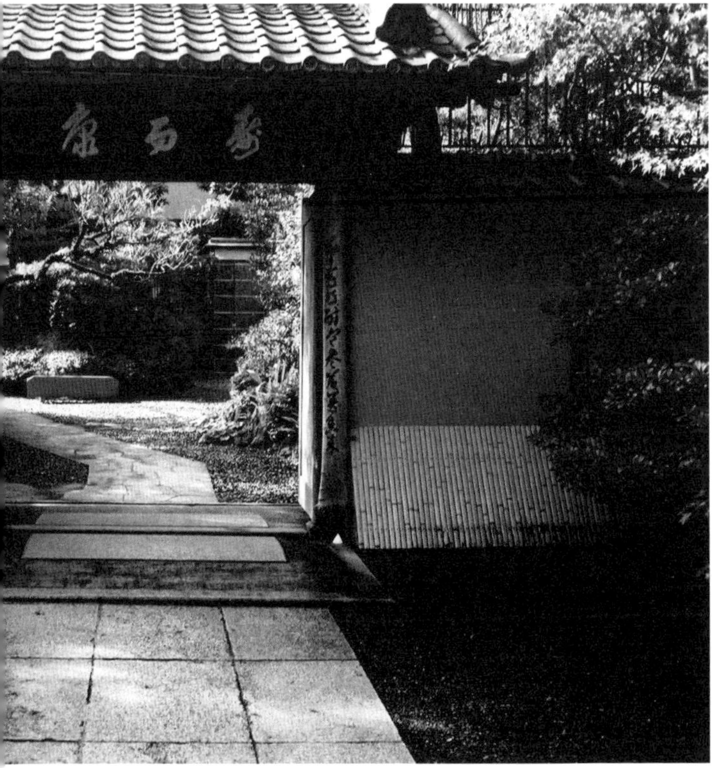

应注目于它的盘器，乃常常用上极佳之陶艺，如北大路鲁山人等陶艺家之作品亦不一定。最好是一边吃饭一边与同伴赞赏菜肴之美味，再偶喝上一口酒，与同伴论赞一番器皿之美感与年代。更好的，还讨论一下庭园的泉石花树，甚至兴来吟唱一小段古曲，便教不远处那恭恭敬敬安安静静等着随时伺候你的服务人员也禁不住抿嘴一笑被你娱乐到了，那就最完美了。

然而这样颇费工程的一顿晚饭，你倒说说，寻常像我这样的阿猫阿狗客人如何消受得来？

料理旅馆（如柊家、俵屋、炭屋、近又、菊水、八千代、吉田山庄、粟田山庄、畑中、晴鸭楼、玉半……）由于晚餐是重头戏，旅客必须全心地面对它，这造成你一天的游览皆受这顿晚饭的牵制；不敢跑远，不敢玩得满身大汗，不敢乱吃零食乱吃点心甚至不敢乱喝咖啡，于是一天往往甚是虚浮，像是全部只为了那一顿饭。

加以负责的料理旅馆，为了不让旅客吃到重复的料理，通常只允许你下榻两夜（有的甚至仅一夜）。这么一来，你必须再搬家了。不少中国台湾的亿万富豪很乐意住料理旅馆，然要每一两天便不停地搬家，倒反而是苦事了。

所以说来说去，还是住不甚受人注意的小旅馆最为闲适，不仅图省钱而已。

名店，未必宜于下榻，倒是宜于瞻仰。麸屋町通上的炭屋、俵屋、柊家，到底是老店，其门前的朴素静穆之感，已是佳景。似柊家这种老旅馆，其前身常是老创始人自远地家乡来京设立的"社中"（商栈），供乡人或员工赴京办事时有膳宿之所，其后转变成旅馆。十九世纪中叶，不乏武士阶级下榻，故柊家长长的泥墙直延伸至御池通，转角处犹矗立着古时"驹寄"，乃武士系马处也。

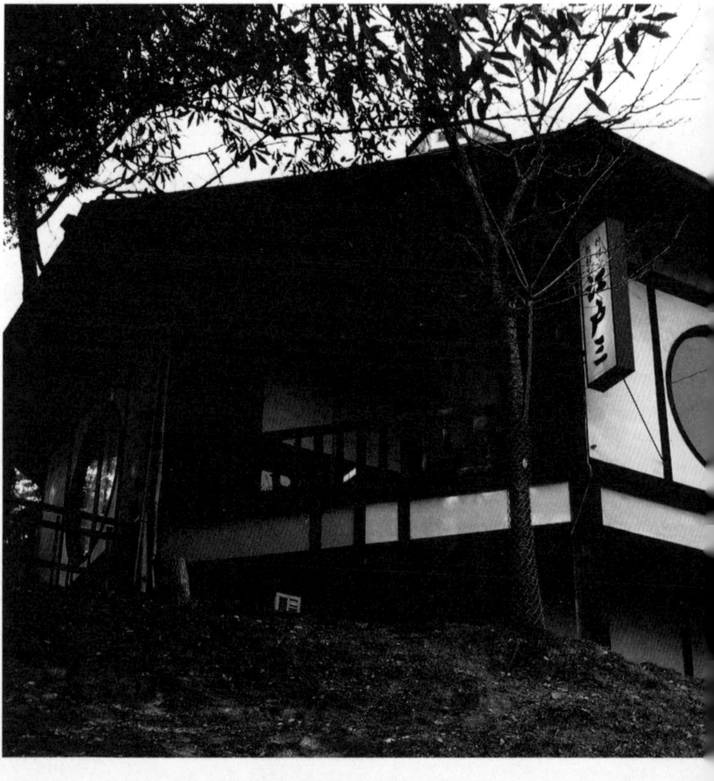
江戸三

◯ 江户三旅馆。
建在林中的小木屋,却也甚昂贵。

又名店常富韵事，亦是人在游览途中颇能一增谈助之趣。如柊家向来受文人墨客喜爱，川端康成便不时宿此，并常记之于书文小册。吉川英治、三岛由纪夫、武者小路实笃皆曾下榻。默片大师卓别林（Charlie Chaplin，1889—1977）亦住过。

吉田山南麓的吉田山庄，亦是宜于观看，庭院占地千坪，在京都算是大的。然在院中张望，未必礼貌，它中午供应的怀石"华开席"，三千五百日元，或可坐下来吃。

另一个山庄式的旅馆是粟田山庄，在粟田神社旁。

南禅寺参道前的八千代、菊水，亦可一眺。菊水门前匾额，谓"寿而康"，入目颇怡。

南边不远处的西式大饭店都酒店，最值得参观。由老牌建筑师村野藤吾（1891—1984）设计，旧馆成于一九三六年，宴会场成于一九三九年。主体的本馆陆续自一九六〇到一九九二年建成。可先参观大厅,素雅却又精致,台湾没有一个饭店大厅有此气质。另一值得细看的,是和风别馆佳水园,成于一九六〇年,乃一幢幢建于山坡林间的和式独幢茶庵式木屋(所谓"数寄屋")。由此上山,饭店特别开发了一条步道,称"野鸟の森·探鸟路"。

这种建于林子里的小屋式旅馆,令我想起了奈良的江户三。江户三坐落于奈良公园内(奈良公园是一极大场域之泛称,基本上近铁奈良站以东,直至春日大社,其间皆是奈良公园),亦在繁茂树林里,你别看它房子旧旧小小的,地上落叶腐腐的,下过雨后这里阴阴湿湿的,甚至木头有些还似朽朽的,但住一晚,一点也不便宜。此为日本尊重自然(即使自然易碎易朽)、维护本色之最受人佩服处也。

离江户三不远的奈良酒店(Nara Hotel),是融和洋建筑于一炉的西式大饭店，颇值得往南跨桥（桥两面各有一塘"荒池"）沿汽车常堵、排气极浓的一六九号公路走上一段去观看，在大厅歇一下腿，甚至喝一杯咖啡或上一下厕所什么的。

另一西洋 hotel，是俵屋东北面，跨过御池通，在京都市役所（市政府）旁的京都ホテルオークラ（大仓酒店），亦是人在中京区散步逛店（如寺町通的老茶铺一保堂等）时颇值走经一停，进它的大厅驻足一看甚至稍坐的佳良景观也。

有些旅馆或民宿，位于风景区，教人很想下榻，譬似岚山、嵯峨野便不乏此类小馆，然有些紧邻街道，汽车来来去去，人住着颇感紧张，如小畑町附近的民宿一休、嵯峨山庄、梅次郎等，便属此情形。至若清凉寺西面的民宿嵯峨野（河濑）、岩佑（山田屋）、嵯峨菊（佐佐木）、潼野等，正临着游人无数的街道，游客去二尊院，或是祇王寺，或是宝筐院，或是落柿舍等，皆不免在这几条街道出没，他们吱吱喳喳的谈笑声常透进你的窗内，如此一来，岚山、嵯峨野的幽情便完全消受不到了。

稍北几百公尺的夏子の家（小畑），倒是绝佳的环境。开门便是大片的菜畦稻田，下榻于此，像是住农村亲戚家，岂不更有放假之感？

① 夏子の家

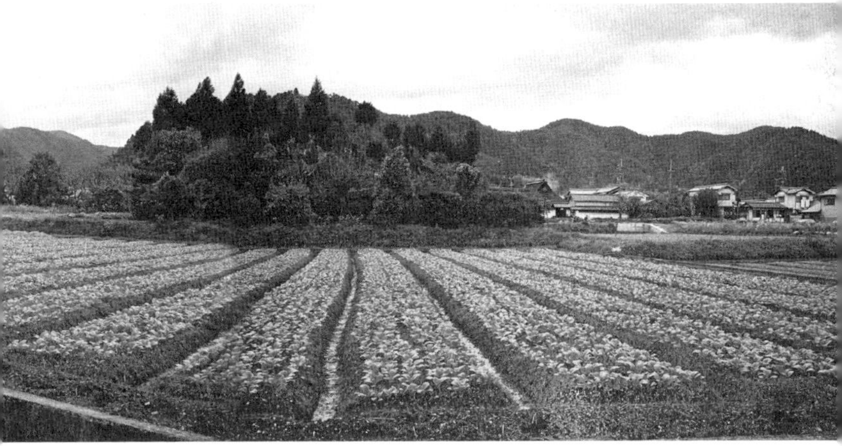

京都的
长墙

京都另一最大风景资产（除了山门），是长墙。人依傍着它踽踽行走，似永走之不尽，此种宽银幕画面，是世上最美的景。而自己这当儿的沿墙漫步，得此厚堵为屏，心中为之笃定，非同于跋行旷野荒原之空泛无凭借也。即此一刻，正是最畅意却又最幽清的情境。便因这无数堵的墙直统统地到底，却一转折又是重新地无尽，便教西方千百雄丽城镇无法与京都颉颃，也令京都在气氛上堪称举世最独一无二的城市。

墙之延伸，廓出了路径的模样。愈是土屑朴厚、悠悠无尽的墙，愈将一条原本无奇的路塑成了古意盎然的绝佳幽径。而这样的墙路，不仅自己走来愉悦，即观看其他路人（如躬背的老妪，如打伞的少女，如骑车的学子）沿墙经过，亦是教人兴奋莫名的好景。

墙之佳处，常不在白日，而在夜里。乃此刻光线微弱，人仅需得那依稀之意。墙之佳处，也常在雨中。夜晚与雨中，恰也正是闲杂人最不见之时，也正是门外汉如我最喜出没之时。

我于墙之喜爱，极可能来自幼年中国台湾各处皆是日式规划下的巷墙，加上儿时看日本剑道片、忍术片，戏中人总在黑夜墙下杀斗，时而沿墙追打，突一转入巷子，又遇伏兵，接着再杀。这些墙，竟然是那么多惊险剧情的托衬屏障，何等的天成，何等的神笔！当年心道：日本怎么会有如许多的长墙？这样墙曲墙折、墙夹来墙夹去地所构成之迷宫，教人夜晚怎么敢走路呢？而要是犯了仇家，如何能逃过他的围堵呢？

如今，这些幼年银幕上所见的墙，竟已可以抚在我的手下、赏叹在我的驻足中，并让我无尽地沿着它缓缓荡步。

日本夜晚，有一种极其特殊的气氛；即我们小时候自

◎ 宁宁之道,我走过无数次,至今不厌,并且奇怪的是,总不多见行人。

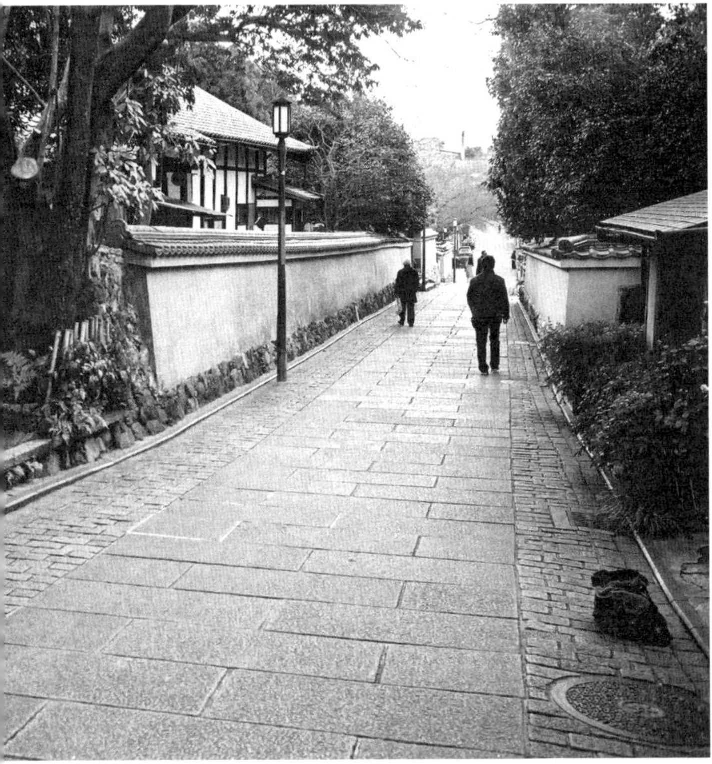

电影已然有此印象。而此特殊气氛，主要来自日本之建筑与市街格局。

小时候见一曲名，谓《荒城之月》，心道：极合也。压根便将日本长墙、日本屋瓦，甚至夜色，甚至日本凄凄笛声等等刹的呼唤出来。

墙之美，常在于泥色单素无华，也在于一道到底、不嵌柱分段。名所的墙，未必雅美于寻常家墙，乃它常常修葺也。小津安二郎的《彼岸花》，有一两个京都镜头，并不用在名寺各景上，但眼尖的京都迷，仍可见出是高台寺左近宁宁之道与其旁的石塀小路。如何看出？垣墙庄美也。

宁宁之道，不愧是东山最典雅的一条小路，尤其深夜行走，更是清丽醉人。那些下榻附近旅馆（如元奈古、松春、花乐、川太郎、祇园佐の、京の宿、坂の上等）之人，深夜散步回家，那种感觉，教我羡慕。此处的墙瓦人家，最把京都佳良日子呼唤出来。岂不见料理店称"高台寺闲人"者？与宁宁之道平行的西面一条路，不知是否叫下河原，有名店美浓幸、键善良房等，亦是值得漫步。此二路之间夹的石塀小路，更是不可忽略。

京都之夜，常常教人不舍。不唯墙美，不唯月清，更有一原因，是日本的治安极好，你在别的国家不夜游的，在此也禁不住往外探看一下。

嵯峨野充满着宁静的墙，不论是寺院或人家。大觉寺、清凉寺与落柿舍附近，多的是好墙。最主要的，此处人烟较稀落。

方广寺的"石垣"，是雄伟的墙。三十三间堂大殿的某一面侧墙肃穆精美，木窗紧闭，绵长完整。每年举行一次射箭比赛，这面长墙，最是好看。我尝想，电影若以之入景，必极典丽；果然内田吐梦一九六四年《宫本武藏：一

① 即寻常村家亦有长长美墙的嵯峨野。

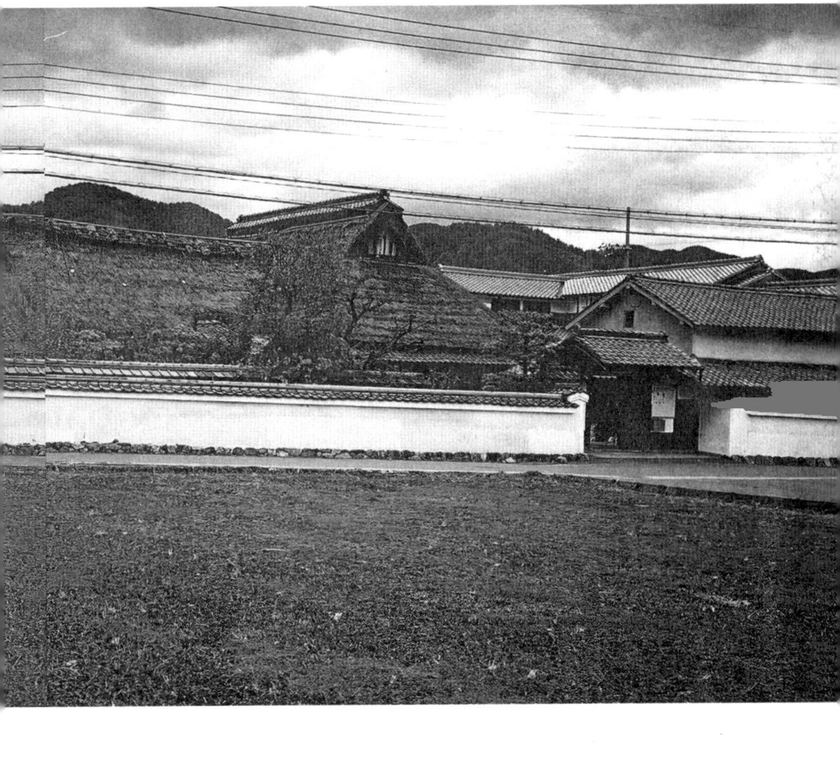

乘寺の决斗》用到了这面墙。

山科的醍醐寺,买门票入寺,没啥意思,但它的墙,倒是颇值散步。

东福寺则不同,不但寺内好看,寺外的墙亦是最绝。卧云桥北面走到南面,由同聚院走到芬陀院,再走到光明院,无尽的墙,无尽的年代。红叶的季节,人人涌进寺内,在通天桥附近叹赏枫红,而我竟沿着这些没来由的墙像迷了路般地走着,待想起还有红叶要看,竟然天色已暗了。

冬日,天黑得早,在一保堂附近的寺町通逛街,几家店进出,乍的已天黑了,有时还飘起了小雨,向北走着走着,发现自己竟沿着京都御所的长墙而行,哇,多好的风景,平日在炎阳下,它是多么教人不耐。

深夜在先斗町、木屋町喝酒后出来,感到这些小街窄巷灯火人家喧嚣不已,很是没趣,此时突然令自己沿着御所的墙或是二条的墙散步，最是有良夜之叹。

金戒光明寺与真如堂之间，散列着无数寺院，如西云院、松林院、龙光院、永运院等，在这些高高低低、坡阶起伏的院与院所夹之墙海中漫步，颇有一袭寻寻觅觅、曲径通玄之感受。此区可说是白川通西面的高坡之游览；白川通以东，则是哲学之道平地水畔之游览。两者情调不同，可以互参交错来玩。

最美的墙景，莫非奈良二月堂走下来，往大汤屋方向，下坡处的几面院墙，那股泥黄，那份曲折角度，那种永远不见闲人之宁静，而我何其幸运竟然在此经过。

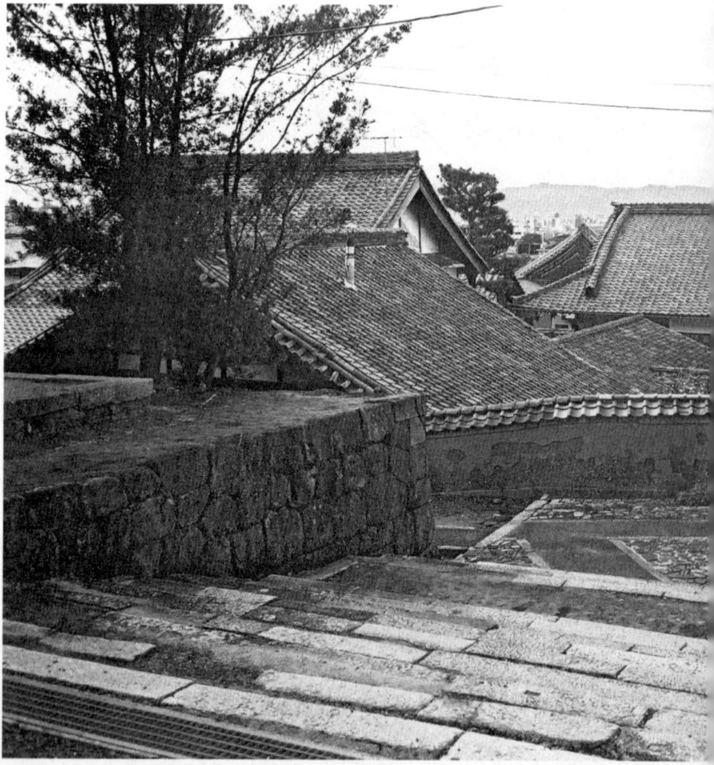

◎ 金戒光明寺旁边众院,是墙海之迷宫,永无游人,最佳的沉思场所,堪称「高坡无水的哲学之道」。

京都的
手袋

在太多有个性的橱窗里，常会看到三两个像是由艺术家或业余的艺匠做好再拿来这里寄卖的手袋。

为什么说像寄卖？因为这些一家又一家看到的手袋，全都不一样，又似乎只有一款，也不像出自哪个手袋品牌的大厂家。并且这些手袋或背包皆像是因兴趣而下手做成的，用手做成的，且只做一两只。故我会说艺术家或业余兴趣者所出品。

日本人很懂得装东西、盛东西，故他们设计出来的"盛器"原就极成熟；袋子便是一例。

我这里说的手袋或背包，指的不是纯女用的皮包，亦不是登山气味太重的背包；而是介于此二者之间、男女皆可用、又颇能装放一些东西的"有风格的包包或袋子"。

有时候，衣服店放了三五批手袋，每一批像是出自不同的手艺家。有时候皮件店也放了几个在卖。某些比较有风格的文具用品店也放了几个在卖。往往一条颇 trendy（时髦）的街道上，有好多家都卖手袋，并且每一家皆不重复。在这样的店里东见一只手袋西见一只手袋，不禁叫我好奇：究竟是什么样的人在做这个？

当然，就是很爱做工艺的人做出来的，很简单。这些人在一百年前的话，或许便是做花器，要不做织染，皆可能。

我看了不知多少个手袋，也想象了有多少个硬是自己有兴趣，自发性地发出了巧思，下手去裁剪、去编构、去设计的年轻人在京都周遭，低着头在一点一滴地完成他们的作品。而京都，正是这些无尽工艺品最佳的陈列地。

京都之吃

京都之吃，可谓琳琅满目，甚至美不胜收。乃自古它便不像大阪、东京那么近海，鱼鲜之取得没那么方便，致京都发展出精巧利用食材之高妙技艺，微有"穷而后工"意味，如鲭鱼寿司（老店如いづう[1]，开业二百多年）等。同时京都所烹制之河豚、鲷鱼、鳗鱼等往往比原产地更加美味。

保存素菜食物的方法，亦多。如麸，如腐皮（"汤叶"）、冻豆腐、薇菜干等。

"渍物"更是有名。如加茂特产酸芜菁。如大原的"柴渍"（名店如志ば久[2]），将茄子、黄瓜、紫苏叶、嫩姜等以盐腌渍，令出微酸。再就是更后起的"千枚渍"（名店如村上重本店），将圣护院所产的芜菁切成轮状薄片，用少许的

---

[1] 伊津，一家创业于1781年的京都老字号寿司店。

[2] 日本店名。

盐腌渍，并每日加入昆布调味，令其产生一袭海里带来的鲜香气。

京都的蔬菜，拜其温湿恰好之气候与优良土质之赐，亦是甚佳。然此种佳，形成京都人对各种蔬菜瓜果之珍惜、宝贝，甚至歌咏。譬似画中的茄子，或门把手上的茄子形镂刻，或以蔬果模样制成筷架，或柿子的图案之无所不在。此为日本地小人稠、物产维艰之后产生的"专一凝视"之美，对一只柿子、对一根茄子；相较之下，中国台湾或因传统上蔬果栽植广阔，菜价偏贱，人之看待青菜，则处处"杂样泛览"，不会对一只瓜果凝视。以瓜果之形人工艺，甚少。凡见市场菜蔬，总是成堆如山，菜贩剥除外叶，随手两层三层，毫不疼惜。至若青葱，常是送的；何曾似日本对待葱像特别一道菜之正视。而家中饭桌，蔬菜动辄五六种之多，自助餐店之蔬菜种类更多至二十样亦常事也。

最有名者，谓"怀石料理"。怀石料理源于僧人之"茶怀石"；而"怀石"一词，乃"怀"中置一暖"石"，以之温腹，令腹饥稍得减释，此僧家矢意少食之修炼也。而茶怀石之出菜，在于一道一道精雅清素之仪式美感，终在日后影响了怀石料理的配色、陈设、出菜、季节感等之美学，也不自禁塑捏出京料理菜色搭配之贵族化倾向。

"精进料理"亦是京都之长，但看其寺院之多可知。须知日本民风一般没有吃素之固有概念，譬似日人亦甚少吃粥习惯（若吃粥，常是生病时）。而寺院乃阶级崇高之地，由寺院发展出的精进料理，常亦是意念、仪式之表现，往往极清雅、素淡，并且极纯净；精进料理，未必是蔬菜料理。大德寺・一久（京都市北区紫野大德寺前二十）可为其代表。

京果子，亦是重头戏。名店极多，以下便是几个示

例：粟饼所·泽屋（上京区今小路通御前西入ル纸屋川町八三八-七）的"粟饼"。かさぎ屋（东山区高台寺桀屋町三四九）的"三色荻之饼"。鹤屋吉信（果遂茶屋，上京区今出川通堀川西入ル）的"生果子"。神马堂"やきもち"。杉杉堂"山椒饼"。键善良房"菊寿糖"。龟广永"古都大内"。盐芳轩"千代タンス"。啸月"春の野"与"御室の里"（连起名竟也恁雅）。末嵩的"两判"。龟坍的"京のよすが"与"绢のしずく"。[1]

我人在京都，见到果子，不免这尝一块、那尝一块，顿感口中甜不可耐，几乎要责备于它了。实则这些甜糕是古代为了许久（有时要好几年）才得尝上一口糖，故而必须在极小的体积里置入极多极重之糖，使人一口咬下，所

---

1  以上均为日本店名。

得之甜，足以感动到要涕零、到便此死去亦不枉之地步；晓于此，我人在京都尝京果子，不妨久久吃一小块，甚至三数人分一块羊羹，每人一小口，且以虔敬心情、仪态，很正经地咬下它，便可得其趣矣。噫，"以虔敬仪态"，实是玩赏京都之诀窍也。更甚者，不妨只是观看，并不买吃；寺町通近御池通的龟屋良永其橱窗所摆设的果子，简素之极，几乎已是艺术展览。这家老铺子总是冷冷清清的，甚少见闲人，我每次经过，皆会稍作驻足，单单对摆出的一两件果子凝视便已然很过瘾了。

京料理的原乡，在鸭川两岸。可以祇园的"南座"为中心，东面的花间小路，北面的白川，向西跨过四条大桥到先斗町、木屋町，这一区块自古因会席、因艺伎、因歌舞表演等，发展出精致的食艺，即今日在众多巷弄走过，嗅得到生鱼随时散发出的鲜香气味。即今日京都之料理，亦随时加入新意，以下八店的应时菜肴，可算一些代表之例：

一、祇园·松むろ（东山区花见小路通新桥下）的"鱧と松茸の椀"（海鳗松茸碗），以紫其蕨、水芥菜、柚子把鱧与松茸之味提得更清雅。"吹き寄せ"（什锦）：明虾、芋艿、南瓜、藕、秋葵、冬菇等烩于一锅，亦极清淡。此二道菜的一餐，需一万一千五百五十日元。

二、京都·和久传（下京区乌丸通伊势丹百货十一楼）的"秋茄子と煮鲍"：秋茄、鲍鱼、丹波黑豆共煮，淋上以吉野葛调制的芡汁，口感绝佳，八千四百日元。

三、京野菜馆（右京区嵯峨天龙寺广道町三－四），长月京便当，一千五百八十日元。尚提供番薯蒸饭、水菜拌香菇、南瓜（鹿谷产）煮红豆（丹波产）、红鲕生鱼片等单品料理及万愿寺辣椒、山科茄子等制成的下酒小菜。

四、阿じろ（右京区花园寺ノ前町二八-三）的缘高便当。以一客三千四百六十五日元之组合为例，内有冬瓜味噌料理、蜜煮小西红柿、莲藕饭、莲藕麻糬莼菜汤、贺茂茄白萝卜汤、万愿寺辣椒、毛豆胡麻豆腐，等等。

五、紫阳（中京区坍町通御池上ル）"コロッケ三种盛"（精选三样拼盘），一千二百五十日元：可乐饼、丹波黑豆、毛豆、五种菇类、茄子及鸡肉泥等。炸茄子炖咖喱"扬ば贺茂茄子のカレー煮込み"，一千二百日元。"万愿寺汤"，六百日元，气味浓烈，爽口。

六、はり清（东山区大黑町五条下ル袋町）的"土瓶蒸し[1]"：食材有鳢鱼片、松茸、银杏等。另有四千零四十三日元的午餐，为当日主餐之轻食版，内容有莲藕卷鲑鱼、鳢

---

1　一种传统的日本料理，通常使用陶土制成的土瓶来蒸煮食材，风味独特。

寿司、毛球寿司、黄酱烤乌贼、山桃、车虾、八幡卷鳗鱼。

七、美浓幸（东山区祇园下河原清井町四八〇）的午餐茶箱便当，三千五百日元：栗饭、鲷鱼（以昆布捆扎）、京芋（京都近郊特产，又称虾芋）蛋黄拌虾等。另有柚香烤甘鲷等烧烤类怀石料理。

八、菊水（左京区南禅寺福地町三一）的午餐"京の味"，六千二百五十日元。依序有：醋拌料理（有时以胡麻豆腐替代）、生鱼片（如鲷鱼、红鲥）、味噌料理（如味噌豆腐）、天妇罗、每月更换之炊饭（如银杏饭）及饮料（水、酒等）。

然据内行吃家自图片与菜名审去，亦不敢言此即美味也。

故京都之吃，确是琳琅满目，美不胜收。然也正因这些单一类食物之各有太过精到之传统，各有其严谨之分工，如汤豆腐,如手打荞麦面,如汤叶,如鲭寿司,如渍物,如松花堂便当……以至在京都吃饭,必须或专于此、或专于彼,进此店则必须舍彼店,卖天妇罗的绝不卖寿司,并不能随意地兼容并蓄地在一张饭桌上获得。这一来极不易下决定,这顿是吃哪一样食物好;二来常吃得狭隘,近乎小时候大人们说的偏食了。

不禁令我怀念起太湖边的洞庭西山,即使农家小馆所吃一盘白切土鸡、一条蒸白鱼、一碟雪菜炒银鱼,再加三数盘蔬菜如此所费一百多元人民币的每餐所吃,其风格何其不同。西山为江南丰美地不说,便是广西桂林这土瘠人贫之地,所吃亦甚好。与京都相较,西山、桂林之食为农家百姓随手备就之食,京都之食几如帝王公侯之家精割细烹之食;然帝王家之食何等严谨华丽终至精简甚而拘窄最后只如仪典而竟不易同常民口舌相与矣。

由中日两国食物备置方法之不同，相参于日本人的待客之道，二者实太过不同也。在中国，无论塞北还是江南，随意进一户人家，他"胆敢"做出十几二十道如飨王侯之"国宴"；而随便一个日本家庭，连饭桌上的菜也恪守谦卑之义，只简简做那三五样，雷池不越。晓于此，则京都即庙堂之美、百官之富，吃饭确实不那么轻易。

即说一点，便是京都的吃，最最不足之处，乃蔬菜太少（也恰好形成它"专一凝视"之美：对茄子之凝视，对柿子之凝视等）。不唯在低价位的食肆吃不到，在高级的料亭亦吃不到。有时几乎教人怀念起台湾的自助餐这种平民学生小食铺了。前说的"精进料理，未必是蔬菜料理"；你看到一桌的素菜，但绿意竟不盎然；也就是叶类蔬菜几乎不大有。它有的，是牛蒡三小段，取其色褐，烩过后，浇上褐酱，上撒芝麻。再就是应时的菇类，菇顶还常切花。

若取松茸，实也在于它的"一朵"之形，美感极佳，亦有"如意"那份吉祥意。再就是豆腐，常置热钵中，其下生火，取食它，还必须用铁网捞子。中国台湾家庭习见的苋菜、空心菜、小白菜、芥蓝等日本不易见，此为他们物产不丰固然；若绿叶菜，总是一道菠菜。若白色蔬物，永远萝卜萝卜萝卜。中国台湾人丝瓜炒了一盘，莿瓜（大黄瓜）再一盘，苦瓜再一盘，亦不感到寒碜。然日本人或因恪于严谨风格，绝不会同类菜、同色菜在一张桌子上呈现过多，并且思想上先天有尊贵之期，绿色叶菜说什么不会满布台面，以求隐隐规避田家穷乡草茎之气。又形式太板（如日替定食只是炸三角豆腐、蒟蒻、马铃薯、萝卜共卤成一盒而上，再加一小碟渍物、一小碟色拉——高丽菜细丝、一碗寻常之极的味噌汤，这已成了他们很习惯的制式餐肴，岂不太板？）。故在京都待个六七天以上（我常待个十来天亦司空见惯），吃饭立有单调之问题。

亦不能常吃汤豆腐，不唯价贵，实也有单调并太故示隆重之沉闷。而你若不故示庄重沉稳，则吃汤豆腐会更没意思。吃荞麦面，固然有趣，也常好吃，但偶吃比较好，比方说人在江南吃饭，常六菜、八菜一汤，其中不乏各种蔬菜做法，炒或凉拌，似这样多菜杂陈的饭吃多了，偶思清简，到店里吃一碗荞麦面，那该会多好！天妇罗，日本做得极好（秋葵裹上面衣去炸，内黏润而外酥脆，绝妙发明！），并不油腻，然到底是油炸物，常吃亦不行。至若拉面，更只能偶一为之，如喝完酒走出小酒馆想来一碗稀里呼噜的热腾腾汤面作为返家前非如此不过瘾之形同仪式，那时吃上一碗，也还适宜；但多半时候，拉面，其肉末熬出的稠稠油汁，其大把施入之味精，其面中掺入之苏打，凡此等等，已算得上垃圾食物了。

生鱼片与寿司，这说到重头戏了，固然是我们中国台湾人吃日本料理最本质也最感沉醉赞叹的主题考虑，亦是日本食物征服全世界之最精绝法门，只是价格不低，亦不能餐餐吃。坐寿司吧吃生鱼片与寿司，是人生至高享受。一味一味地细细品尝、慢慢咀嚼；四五种自己最喜的鱼类吃完，再吃它另外五六种鱼类的寿司，如此吃完，世上最鲜之味已尽在口中，也已全在腹内，站起身来，摸摸肚子，满足之极，便走出店外。台北信义路、四维路口的"野"，便是这么好吃的店；只是吃完，我与朋友先在路上走个一段，算是散步。散着散着，突然他说，"现在若再吃它一小碗面不知会多好"，此念一生，则顿时呼唤出口中犹有未全的味觉亟需，再也按捺不住，遂驱车至延平北路三段六十号骑楼下的汕头牛肉面吃了一碗五十元的原味牛肉面。虽只小小一碗，又是台北众家牛肉面中最清淡少量者，然汤中的椒香气、姜冲劲、微微的沙茶底蕴等皆融于一炉，此时吃在口里，五味尽有，荡漾齿缝舌喉，这一下，总算完全过瘾了。何也？日本料理端是少了一个"全"字。它总是太单独了。它要不是太偏清，要不就是太偏寂。风格恁森严，也只好如此了。

不少馆子，书上常常提到，我也真试了，但如何呢？

岚山的竹乃家打着鲷鱼料理招牌，弄得好像颇不易得、颇慎重，然而一尝，不行。这是京都吃之常有窘状。大原云井茶屋的味噌锅，书上亦推荐一吃，颇寻常。上贺茂神社东边的爱染仓，意大利面也只是普通。曼殊院门前的弁天茶屋，味亦平平。平安神宫东侧的そば（荞麦）·阿国庵，说什么手打的荞麦面，一尝，味道一般。

故游京都，基本上仍需专注于赏看，而不是吃。

然吃是人生至紧要之事，在京都如何吃好，显然是大课题，十多年来我在此胡游多次，窃想一径不得京都吃之个中三昧，嗟乎，门外汉也，终只能学得一招，野餐。

倘你乐意在公园中、野地上进食，也就是所谓"野餐"，那么京都是全世界非常优秀的一处所在。

有时你在中国台湾就准备好一小罐的希腊橄榄，绿的或黑的，一小罐的自家腌的梅子，一小瓶极优的橄榄油，一小袋松子或核桃仁，一小袋葡萄干或蔓越莓干，便这么来到京都，你只需选取好的面包（或全麦或法国棍形面包），再买超市的青森县苹果，一两个西红柿，加上一两盒yogurt（酸奶），再将随身的热水瓶装满热水，茶叶（或龙井或瓜片，或东方美人或高山茶，或根本只是日本当地的煎茶，如"雁ヶ音"）带上，然后在加茂街道旁的贺茂川旁绿地（即出云路桥北面与府立植物园南面）上野餐，空气鲜新、视野开阔，川上流水淙淙，清澈之极，鹤飞鱼游，何等畅快。

取出面包，洒上几滴橄榄油，将切片的熟透西红柿铺上，再铺上几颗橄榄，撒上一些松子，便吃了起来。

这样的面包，由于颇清淡，连吃个四五片亦不会撑。这时，不妨把预先准备好的大马克杯取出，投茶叶，倒热水。趁茶叶浸泡空档，将苹果削皮（世上最煞风景事，其非苹果打蜡？），有时还切成小丁，放进yogurt里，一起吃。然后，慢慢地啜着茶。

看官读到这里，或想：他这么大张旗鼓地又带削皮刀又带热水瓶又带马克杯，还各种食物一样样地背在身上，最后找定一处地点，上无顶棚下无铺垫，坐下来吃，会不会太麻烦了点？

我原本也不免如此想。后经实践，终发现唯有这么样地不厌其烦备这备那的"野餐"，才得以完整获取一顿最不周折、最不颠沛，且最完整的满足之午饭。同时，它看似手续繁复,事实上,二十分钟便吃完了。这一下,你竟有些舍不得了,乃你不想这么快就离开这饭桌,你不想这么匆匆地就放下这杯才泡好没多久的茶,你不想才这么一下就离开这好不容易才来抵的河边。

甚而你想,倘有几片 cheese(奶酪),再有一小瓶红酒,我真想再待上个把钟头,对此良辰美景浅酌一下。

不,切切不可。野餐便是野餐,需简需少,万不可再旁增繁缛花样,以免伤坏了出游的主题。

至若前说的"一顿最不周折、最不颠沛,且最完整的满足之午饭",乃指我人在京都东寻西觅要找一馆子吃饭,常常不是轻松事;查书问人,不易定夺;倘有游伴,常因甲要吃这乙要吃那,弄到不欢;这便是周折。有时连找了三五家店,俱不确定能否进去,最后总算进了一店,吃得甚是辛苦(如座位拘窄,如繁文缛节,如吃得极不酣畅,甚至菜肴根本是浪得虚名，或者只不过是价格昂贵而你并不懂得品赏），这几乎已算是颠沛了。有时你点饭类定食，却希望有几碟青绿小菜，然没有。或你坐寿司吧，但总觉得还想来点什么陆地上的（像红烧肉）、红烧的或豆瓣的（如葱㶶鲫鱼或红焖茄子），甚至汤汤水水的（如白菜卤或丝瓜汤），然没有。这便是"完整而满足"之困难。

说到上馆子吃饭之不容易，即自己生长的台北，亦常有此相同问题。有时接连吃了好几天应酬的餐馆，已经都腻了、怕了、吃伤了，却今天晚上又有饭局；这时下午只好买了苹果，带上削皮刀，散步至植物园，先在参天树下走过一两圈，眼睛沾过翠绿了，心思也沉定些了，嘴里也或有些味觉了，这才取出苹果，在水龙头下冲洗，再慢条斯理地把皮削了，拿到口里一咬，哇，这总算是近几日来最清爽、最好吃、最酸眯眯振你喉龈、最教人感激的一样

○ 出云路桥以北、贺茂川西岸的绿地。我最喜欢的野餐场地。

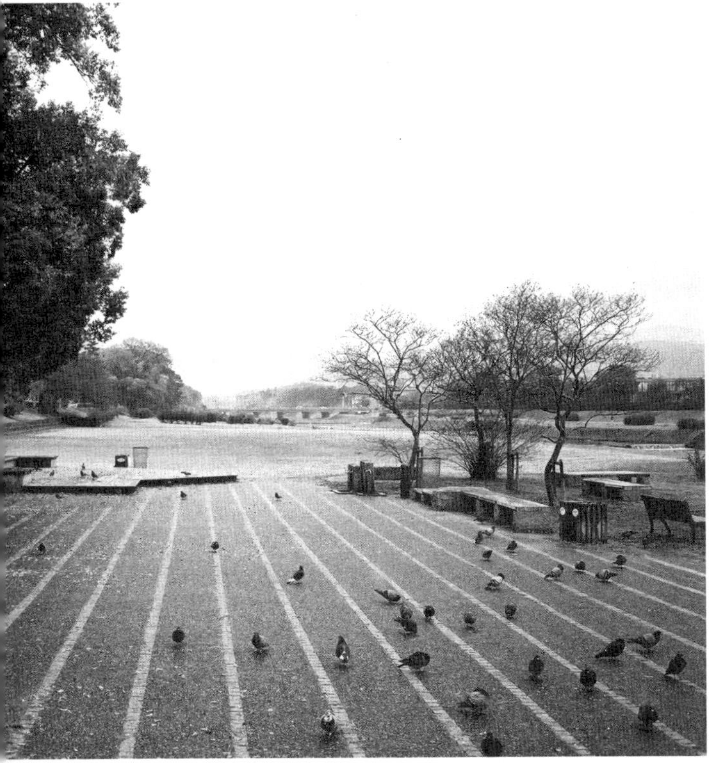

食物。所幸有它，前几天吃馆子之不快总算冲涤掉一些。这当儿，趁兴致正高，索性跳上计程车，往永康街三十一巷的冶堂，好好喝它几杯茶，也好教人打起精神，以备晚上的吃饭。

游京都因吃饭而致人备感辛苦，太多人皆有相似经验。而大家皆自然而然隐忍了，殊不知这造成对京都另外的一些佳处产生不想深探之高度兴致，或无力发挥想象的那股疲劳。

选备野餐的食物，除了以一己之微薄力企图改观坐店吃饭之单调不足外，亦是一种对京都之深度探掘也。百货公司地下一楼之生鱼片与寿司早已是大伙习惯采办物，尤以四条河原町群集的那几家（高岛屋、阪急、大丸），买完便可就近在鸭川或高濑川边上临川而食。单言寿司一项，自古已是野餐之至品（其实日本人自古便是野餐的民族），教人百吃不厌，亦且无远弗届。在此我更要说，倘你极嗜寿司，更应尽量在京都多觅良点野餐。又我前说的面包橄榄西红柿式野餐，其实仅占一半；另有一半，则吃的是寿司。

百货公司外，超市亦进。日本观光，这两处必不可忽略，行家早有明训。即便利商店，除售 yogurt 与三角饭团外，常售极佳的苹果。

更有趣的是街上的各种小店。一泽帆布（东山区东大路古门前上ル西侧）旁那家中井果实店，有时卖蒸熟的紫皮番薯，可连皮吃，甚好。

千本通上便有太多有趣小店，最令人惊叹的是一家绵熊蒲鉾店（上京区千本通上立卖上ル花车町），他卖的是现炸甜不辣（鱼浆去炸），比我们基隆庙口所制犹胜多倍，有时你被同伴们委以采买野餐之重任，事先悄悄买好绵熊的甜不辣，及至现场取出，大伙会为之惊艳极矣。

野餐的好处，还不只如此；由于晚餐你原本会进店去吃或买百货公司地下一楼的生鱼寿司回旅馆去吃，故白天之中能在户外空旷处野餐岂不正是多些变化？

又野餐的时机，亦当随时把握。譬似早上十点半，腹中已微微想吃了，又恰好左近有好地点，何不当下就吃？当它是"早午餐"（brunch）亦甚好，不是吗？早早吃完，更可专注游赏。另就是，往往下午常有机会进店喝咖啡（请详《在京都坐咖啡馆》一章），或是吃甜品（如键善良房的葛切或文の助茶屋的麻糬），那些极具代表性的老店，不进亦可惜时，实不宜因野餐才吃过而致失之交臂。

前说的那些寻店、选店、进店等辛苦不易之外，野餐的真正宝贵处，实在于离开平日那种一成不变的说进店就进店之照本宣科的麻木惯性，而竟自有了一种感觉。

是的,感觉。当你东走西走,选定一处地点,坐下,开始吃饭,吃着吃着,或边看着远处的车辆、桥上的行人,或只是受拂着和风、自己想着事情,吃着吃着,忽地你竟有些天涯孤独的冷落感,或一些零星的随时进出的感受,总之,它令你贴近自己的感觉,并且,是旅途方有的感觉。

京都,多少人一次又一次来到这里,玩得皆很好,亦甚高兴。然你仔细去察其出没处、观其行止,你仔细去听他谈说京都如何如何,你知道,有太多方面他完全没感觉。

他忘了去感觉。他只想去获得一丝照片上早已拍好的、定格的、人云亦云的、概念的京都。

当然,不能连着好几顿饭都是吃 yogurt 吃苹果吃面包这么清素或这么冷这么淡,所以也要间杂地吃一顿粗犷一点或豪情一点的猪排饭什么的。有一家かつくら(胜仓)的连锁店(三条近新京极),猪排炸得好,且它先上一空碗,碗底有密密刻痕,让你自用木棒碾芝麻,成泥后,倒上它的特调酱油,便成待会猪排的蘸料。它的饭,掺有麦片。与高丽菜丝、味噌汤此三样皆可无限"续杯",此一德政,令学生十分喜欢。我图便宜(最 basic 的,八百多日元),又想尝尝油炸时,也偶吃它。

荞麦面,我常吃三百多年老店晦庵·河道屋(中京区麸屋町通三条上ル),就点一盘冷面,便最有荞麦之本味。晦庵·河道屋的荞麦面比较粗,也比较有嚼劲。冷面会附一壶热的菜汤,供你在吃完面、浸完汁后,注此壶汤后盛浸汁的小碗中,如此喝下。偶尔加点一碟生汤叶(新鲜腐皮),卷成五小卷,如此而已。这店的餐堂格局最有古时形样,不管是脱鞋坐榻上,或是坐后厅桌椅,皆在迷人空间里。

另有一处老店,高濑舟(下京区西木屋町通四条下ル

高瀬舟

船头町一八八），店内黑黑油油的，很像"盲剑客"座头市混迹的江湖小店。我多半点一客天妇罗定食，价廉味亦不差。此店其实颇有历史，昔时也曾风光过，今日似显不甚提振，正好客人不多，而韵味犹古，我坐下简简吃一顿饭，也还宜。

祇园的十二段家（东山区花见小路通四条下ル），以茶泡饭闻名。亦是老店，至今仍很旺，即严冬中午，门未开，已有人排队。它的"蒸笼饭"（外观近于台湾的油饭），有山椒、鳗鱼同烩其中，亦甚受大家喜欢。

以上四家店，皆相距不远。另外各区小巷中，随时有家庭式阿巴桑（中年妇女）做的咖喱饭，或所谓的"日替定食"，亦常尝到不错且价钱在七八百日元之谱的。主要需先目测，好的食物，常常看它的店或它的人看得出来。

我吃最多，也最满意的店，竟然是京都车站伊势丹百货十一楼的寿司清,它也是连锁店,由东京开过来。它一天所卖的量极大,故鱼质极新鲜,也连带价格最实惠。若点当季的special(特品),约有十样生鱼寿司(其中常含一条颇粗的生蟹腿)、一碗汤与一碗铺上生鲔鱼切末的饭,不过一千七八百日元。我一换算新台币,想,在中国台湾也不可能如此便宜,从此便吃上了。

确实京都的吃,必须自己设法搭配。再佳的馆子,也仍需在吃它之外自己补吃些百货公司或市场里选买的食物;故而愈是深掘京都,愈可能把吃饭安顿得又好吃又皆左右逢源。但我知道,我还没达到这境界,门外汉嘛。

再回头说野餐地点。

加茂街道旁的绿地,固然是一等一的上选,但也必须不在烈日之下,也就是,夏天不宜。

由于我总是在深秋或冬天来到京都,多半没有炎阳之

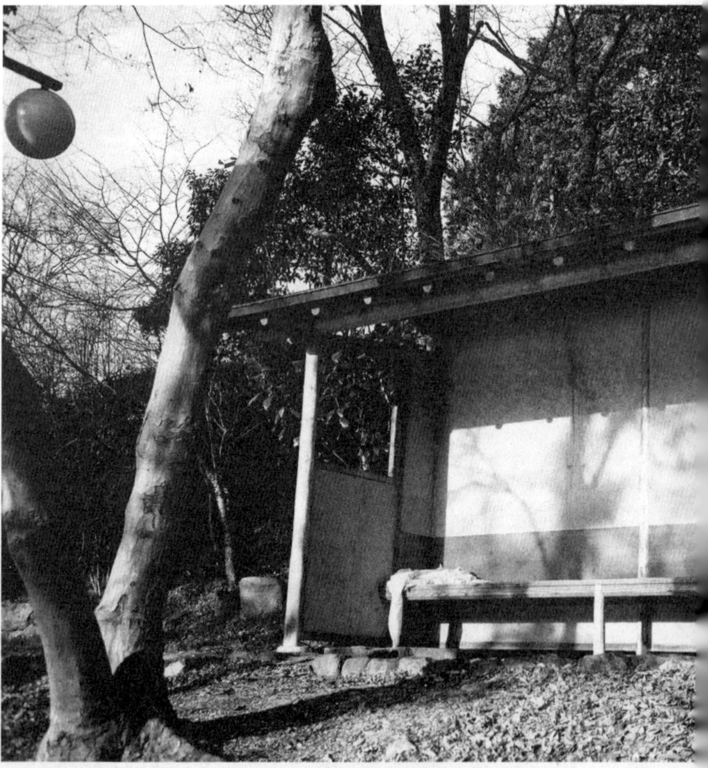

◎ 宇治。朝日烧窑艺资料馆旁的木亭,亭虽小,却形极佳。

苦，野餐常是最有趣的"选地点"活动。

岚山、嵯峨野的大泽池（大觉寺旁）亦是极佳之野餐地。尤其是池北面的名古曾泷迹旁的方亭，在此亭中，自据一桌，慢慢地吃。

说到亭子，京都府立植物园内"京の庭"中有一木亭，尺寸经典，亦是野餐佳点。在宇治，宇治川北岸朝日烧窑艺资料馆旁山田绿地小坡上的木亭也很好。

哲学之道，不能说是极优的野餐点，乃太紧窄，然它左近吃店更乏，故散步者不妨就地野餐。

寺院与神社，一般不宜野餐，不敬也。但其外围野旷处则不妨。上贺茂神社外缘，御手洗川与御物忌川两条小溪合流的《小仓百人一首》所咏的另一条小溪"ならの小川"（奈良的小河），临此潺潺浅水，教人很想坐下一阵子，不忙着走了；甚至更想自背包里取出饭团，静静地对着溪水吃。老实说，在此种境地吃面包喝矿泉水，未必逊于对着枯山水庭园吃汤豆腐。事实上，此溪北面的涉溪园，是贺茂曲水宴的开催之地。

圆山公园，原本就是标准的野餐地点。譬似二十世纪初，中国留日学生所描述的东京上野公园春季赏樱时，无数的家庭就地铺布，坐下取饭团而吃、斟清酒而饮的那种野餐情境一般。

鸭川两岸固然也是野餐好地，但看夏天时纳凉床所面对之景即是鸭川可知，而登此"纳凉床"非上万日元不办。

然为了寻幽探胜，总不能老守着鸭川打转，倒是上游的高野川或许有些幽境，如旅馆山ばな平八茶屋左近（叡山电铁"宝ケ池"站），不知会否有些好地方，或许哪天带上食物，去那里探探。

宜采 跳跃法

来游

游客如只待五六天，岚山需一日。东山需一日。祇园加上四条、乌丸与鸭川、御池通所夹之商业中心也需一日。西北角的金阁寺、龙安寺、仁和寺也需一日。奈良加上宇治或东福寺，至少也需一日。

但这些区域，皆不宜全天只专守一地也，应该采跳跃之法来游。如金阁寺游完，再返回市中心游三条、寺町等商业区，看些二十世纪三十年代建筑；而不必紧接着游龙安寺。或是游完直禅寺，并不接着游永观堂，而是向西往冈崎看看现代化的博物馆。如此间错地来看，才不致有"每个寺院都近似"之感。

有经验的旅人，更懂得将一天的景点打散来游。

例一：一早乘 JR 山阴本线（假设你住京都车站附近）至岚山，只玩天龙寺与寺北门大竹林，再向南，看渡月桥，在保津川畔闲步。将北面嵯峨野的常寂光寺、大泽池、嵯峨鸟居本等留待另一次。

大约不到中午，再乘京福电铁这种小火车，至"御室"站，游仁和寺（将东北面的龙安寺、等持院、金阁寺留待另一次），再自"御室"站乘车至底站"北野白梅町"，游北野天满宫，逛上七轩（与祇园齐名的旧花街），并在附近午餐。乘公车（101，102，203等）沿今出川通向东至银阁寺。游完银阁寺，走哲学之道向南，在黄昏时抵南禅寺。此时当已颇累，可回旅馆洗澡并略事休息。晚餐后，再出来，逛三条通（乌丸通与鸭川之间）、白川（白川南通、新桥通左近）与四条通两岸的花见小路。若有兴致，鸭川西岸的先斗町通、木屋町通，可在此小酌一番。

例二：一早乘公车（100，206）至清水寺（六点已开），走三年坂、二年坂，眺八坂の塔。慢走"ねねの道"（宁宁之道）与石塀小路。略游圆山公园，西出四条通，在

◎ 石塀小路。曲曲折折一条不满百公尺的小巷,却教我说什么也不愿很快将之走完。

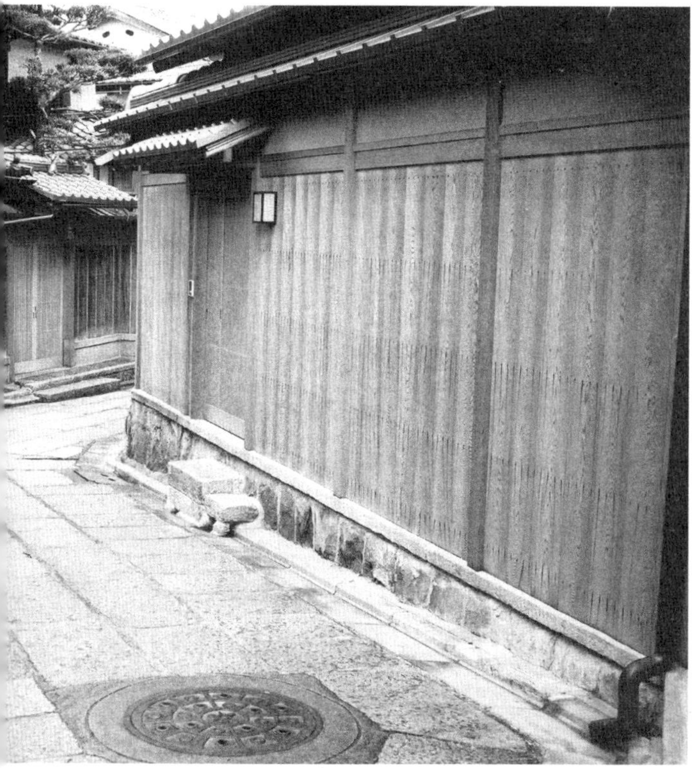

四条河原町买些寿司（高岛屋等百货公司的地下楼）或面包，乘京阪鸭东线，北至出町柳，游下鸭神社，漫步"糺の森"，再至西面的贺茂川边，选空旷绿地野餐。再回出町柳，乘电车向南，至东福寺。游毕，乘JR奈良线，至宇治，玩至天黑，返京都。

以上只是例子。总之要乐意东西南北广跨幅员地来玩，比较能将京都的天然形势了然于胸。同时将京都太过精致紧密的细节风景因乘车跨区之移动而得以释放、隔开，以缓和其咀嚼之过程。更重要的是，各区虽显近似却细审实各有特色之风情，也唯有如此逛看，或可稍稍领略一斑。

奈良在京都南面五十分钟车程，颇值一游。一般是乘近铁，抵奈良近铁驿。东行，绕猿泽池，眺五重塔，自此算是进入奈良公园。

公园内信步走来，皆是好景。不论是林中的江户三旅馆，是二月堂的登高远望，是正仓院的三角形巨木的古式仓库建筑，或是南大门这高耸入云的山门与二门神之威严，极可徜徉。

甚至周边的"大和路"多条步道，更是京都精丽丰繁目不暇给太过后的我人后院，不论是柳生、山之边之道、飞鸟，或是吉野。

倒是奈良町，游过京都几处老区后，此区便显得不甚精彩矣。

若我建议，你每次的五七日之游，寺院最好不超过七八个。若你是第一次去，不宜错过的是：南禅寺、银阁寺、大德寺、金阁寺、龙安寺、天龙寺。或许再加上奈良的法隆寺、唐招提寺。

若你是第十次去，太多的寺院皆去过了，你可能随兴地进一下高台寺（倘在东山）。至若在哲学之道，可能进一下法然院。若在岚山，可能进一下常寂光寺。若在衣笠，可能进一下等持院。若在宇治，可能进一下平等院。

　　要之，应当如同京都市民一样，每次只专心去一所在，好好咀嚼，而不是匆匆将几十处地景赶完，以图日后有"我去过了"凭借。

小景

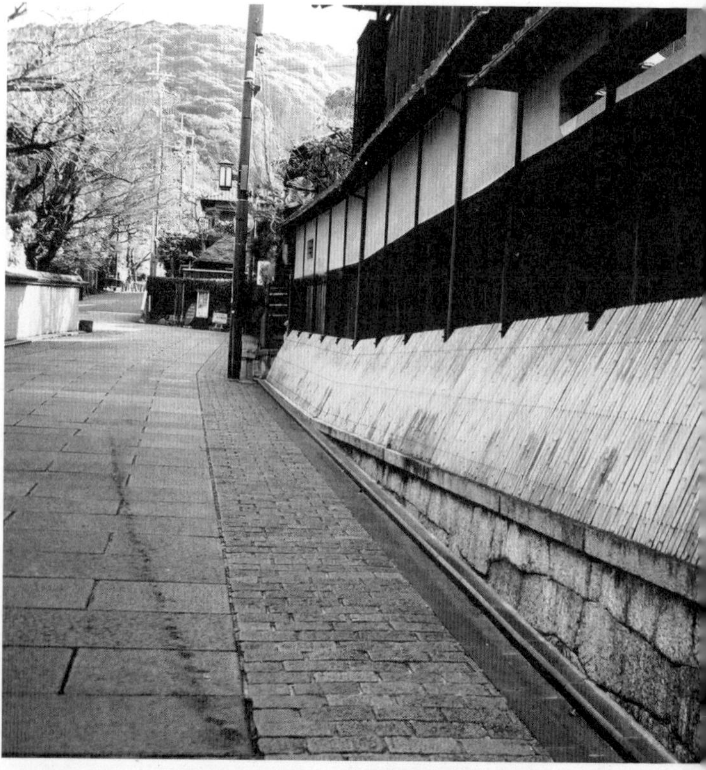

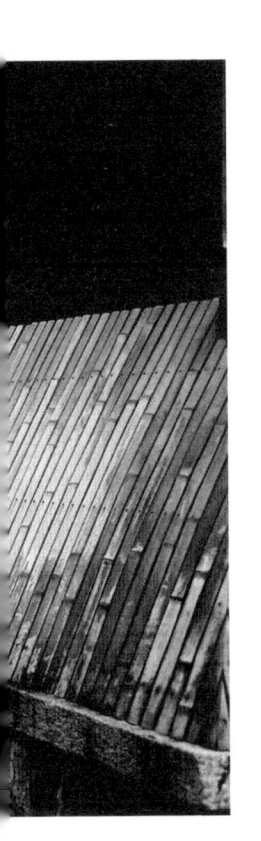

◎ 犬矢来。竹艺发达的社会自然发展出的防护围篱。即使今日不究其实用性,美感亦是绝佳的。

在京都最过瘾者，是那些无所不在的小景。如深巷的明灭灯火，映照在洒了水的光洁石砌小路上。

这些小景还包含小道具，如他们对竹子的精巧利用，竹艺散布在各处生活中；筷子、笼子、花器、帘子、屏风、犬矢来，与木头相间错地做成凳子、栏杆、篱笆、扶手、窗条、门框等，太多太多。由竹子工艺便看出日本人的生活随处皆是美感，皆是脚踏实地地在——过日子。

京都的包装。食物的摆设，以及甘味之陈设，甚至包装成礼物的巧形，令人佩服。用竹叶包东西，包成蚱蜢之形。

便是要观看这些随处皆有惊喜的小景小物，方可略悉京都人生活的神髓。然而稍悉之后，便要跳出；否则便开始进入京都人繁文缛节的那一阶段，成为门内汉所关注的一套，而做不成了门外汉。这于风土民情之深入固有帮助，却于飘逸的赏玩与清寂的品味便导致了干扰。

而"飘逸的赏玩与清寂的品味"原是我游京都的目的。故我从来不曾在任何人形店前驻足,从不参观友禅染,从不细细审看西阵织,从不跟着人去看艺伎变身,亦不想去各处参加"体验"。清水寺前卖清水烧之店恁多,我亦很想随手挑一二碗碟,然一注眼,几个钟头皆耗下去了,却所见仍全是俗物,唉,何必呢?根本应该随意扫目,只五分钟,若有佳件便有,没有,便五个钟头也不会有。

故京都之游览,我总算掌握到要诀,便是切不可埋首低徊于某样细腻事物。即使观看橱窗,也不可为一二佳美物品凝神。见鸠居堂,只能看一眼和纸,便走。又见彩云堂,再瞟一眼美术用品,又走。到了分铜屋前,也只瞄一下足袋,不停留。经过柚味噌·八百三,也只看一眼,继续走。

◎ 三条京阪前。
颇有和风线条的现代家具。

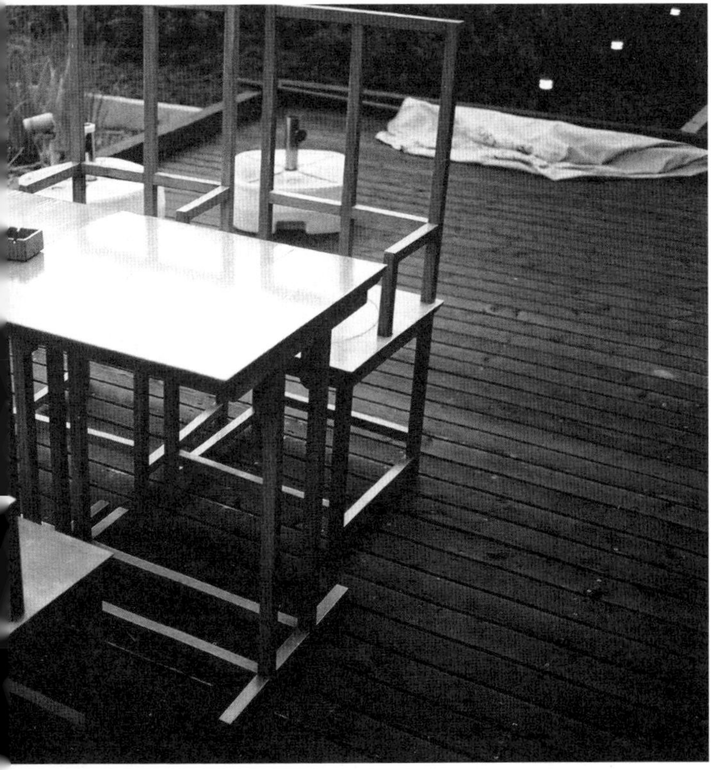

日本人的

鞋子

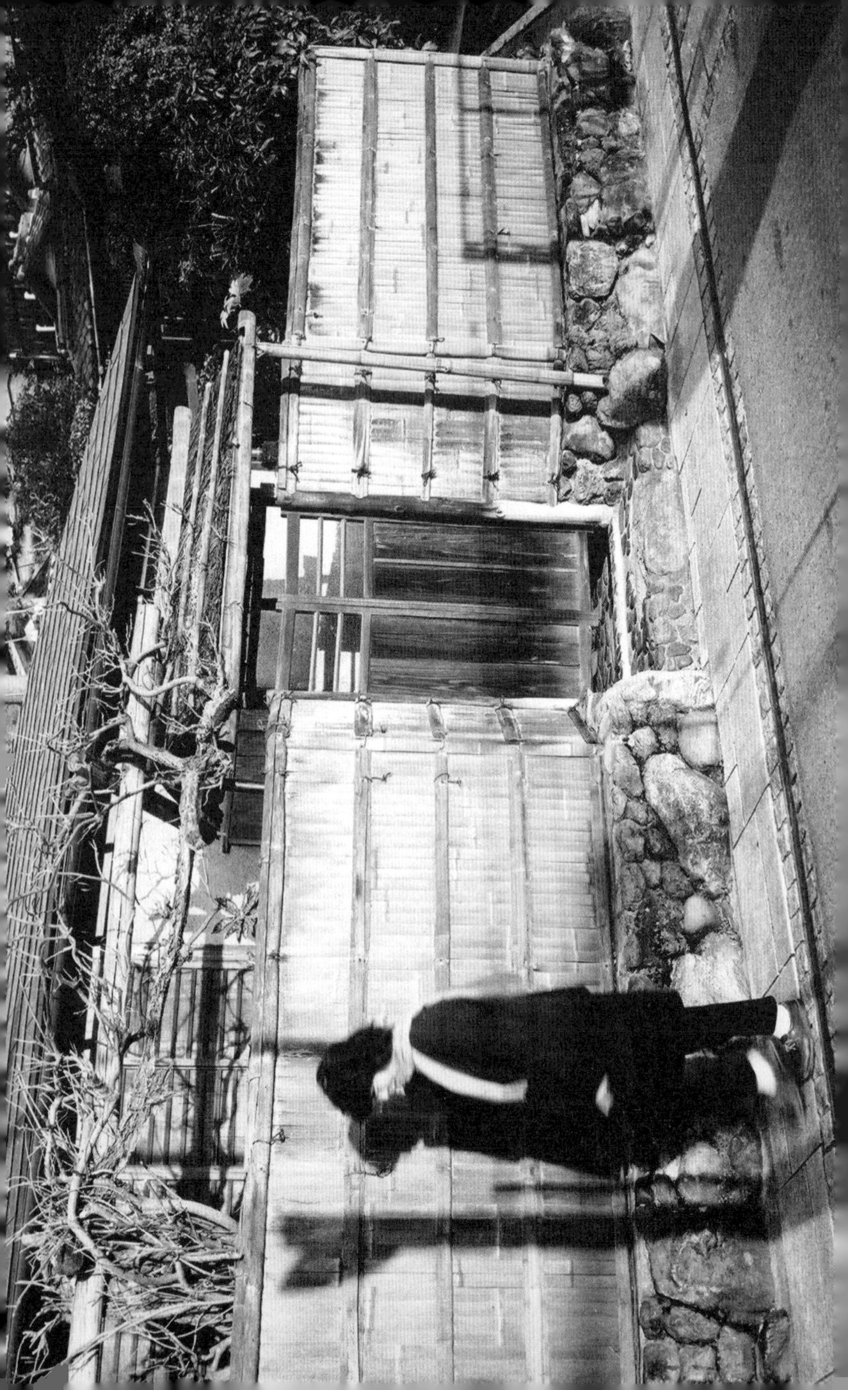

看一眼日本的鞋店——任何商铺，或小百货公司的鞋架——便深刻看到了日本人对于装扮之某种自然而然的"制约"。也就是，他们的鞋子太保守太规矩了。譬似站在鞋群前准备买鞋之人是旁边陪着他的工作主管，要盯着他买制服一般地选购鞋子。

这些鞋子，皮鞋或家居简易皮鞋，尤其是女鞋，十分地退缩、十分地不求有个性。不仅是中年阿巴桑所穿而已。

事实上，穿在真人脚上的鞋子，不乏极有风格之例，但鞋店的架上，抱歉，委实呈现一种保守的压抑气息，每个鞋店皆然。

在京都坐咖啡馆

常常与一些见闻广博、学养不俗的中年人聊天（其中不乏自学校退休的教育家或半生相夫教子的家庭主妇）喝茶。东聊西聊，便聊到了京都。我总问，京都怎么玩你们觉得最喜欢？

　　他们会说："我想去一个地方玩，却是坐下来的时光多，行走的时候少，有没有这样的好地方？——可不可以只是以这些佳美寺院肃静神社为我身背的屏风，以这些春天的樱花秋天的红叶作为我无尽的想象，而我人不用再一座座地名刹进（事实上我也都去过了），一处处地庭园赏，只是淡淡地点缀一下，却花较多的时光坐着，放松腰腿，品尝咖啡，休养身心，谈天说地，聊聊天，而它的古都、它的美、它的幽清洁净，我全沾染享受拥有了。"

　　有这样想法的人颇多。我便说："你们真该到京都喝咖啡。"

京都的咖啡馆，可谓三步一家、五步一店，多得不可胜数。有时巷弄一转角，便一家；小桥边，又一家。或许此地自古已极度市井化，人并不像乡村式的每天在家自烹自食，很习于随时在外间街巷里弄歇歇坐坐，喝点什么、吃点什么。至少这例子言于艺伎，便最通适。而领导享乐时尚的，在世界各地，也常是艺伎。

京都景致，如龙安寺的枯山水，大泽池的寒鸦，下鸭神社的森林，处处院墙上一丝不苟的松树如刺针顶等等，太清素了，竟教人有一袭说不出的凄冷幽寂；又京都时时青山在目，处处绿水淙淙，它是氧气过度鲜新、植物过度翠绿的一块良所，却又有一些太不近人间烟火了；偶尔你不免也想稍稍背离这些净之至清的绿意一阵子，追求一些褐黄色调的颓唐感，这时候，人想到了咖啡馆。

金黄光晕咖啡馆，如同小型的灯塔，温暖了旅人的心。

而咖啡馆，又是跨国界的地标，任何人不畏进入。不同于餐馆，不谙日本菜的外地客，进餐馆常感犹豫。而咖啡馆，于任何人皆感熟悉。至若咖啡这样东西，早已是国际语言，如音乐，人人说得出对它的感受。

君不见那些深阅指南、背着背包的西洋青年男女，适才在寺院中抬头细审各景点的精妙细节，全神贯注备极严肃，像是此行最紧要大事，美则美矣，感受亦甚丰足，然而脸上并不见得流露怡悦之容，直到这当儿走进咖啡馆，见到了桌椅人声，嗅到了熟悉的热情香味，一边卸下背包，他的脸，这时才绽开了笑容。咖啡馆这西洋风韵场景让他有家的感觉。

以下是京都我认为最有特色的几家咖啡馆，并同它们周边值得游赏的景点，相提并叙，省笔墨也。

## 四条河原町

老字号咖啡馆最密集之地,自是四条河原町。且从这里谈起。

フランソア喫茶室(François,弗朗索瓦咖啡馆)位于四条南面的西木屋町通。稍南几步有天妇罗老店高濑舟及千枚渍老字号村上重本店。此咖啡馆开于一九三四年,屋顶呈拱形,窗为尖顶,有教堂风格,放古典音乐,墙上挂印象派画。咖啡一杯五百五十日元,价不低,然味至佳也。

六曜社(河原町通三条下ル东侧)一九四八年创业,有一楼及地下室两店。丸善书店逛累了,内藤扫帚店也看了,三条大桥也来回走过了,或是鸭川散步后微有秋凉意,不妨坐此喝杯咖啡。

此区老店甚多,尚有筑地、喫茶Soirée(晚间咖啡馆)、みゅーず(Muse,缪斯)等,皆值一去。

## 东山

指南书最常谓的：如京都只待一天，最该游的是洛东。由青莲院到清水寺这一段。其中包含知恩院、圆山公园、高台寺、八坂の塔、二年坂、三年坂等经典景点。这里隐藏着一家小咖啡店，叫石塀喫茶（上午 11 时至下午 5 时营业），坐落于高台寺西面的石塀小路里。十年前，它的桌椅是二十世纪六十年代风格，前两年换成新家具，甚可惜。那时常见邻近老太太来此小坐，自旧式皮包中慢条斯理取出香烟，抽一根，浅啜面前的咖啡，喝完抽完，起身离去，不久待，多好的一处小社区。后来与老板娘聊起，才知那些老太太是昔日的艺伎。

我若不喝咖啡，便吃键善良房（东山区下河原通高台寺表门前上ル）的葛切。或吃文の助茶屋（八坂の塔东）的甜食。

## 南禅寺、平安神宫

南禅寺之清寂,水路阁之冷冽,都酒店的大厅与佳水园等皆游过了,向西过了无邻庵,过了有邻馆,沿着仁王门通,来到和兰豆(Ranzu. 冈崎圆胜寺町二三-四),一家十分温暖的小咖啡馆。老板夫妇仪态和善,甚得客人喜欢。二十六年前,"披头士"的约翰·列侬偕妻小野洋子曾在此店小坐。他们许是悄悄出游,轻装低调,没有惊动媒体,喝完一杯东西就走。只有老板石桥先生注意到他们。

## 吉田山、银阁寺、哲学之道

我每次只游哲学之道小段,法然院附近的那一段,游完,向西跨过鹿ケ谷通、白川通,而到神乐冈通,再走一段上山坡道,登上吉田山顶,到茂庵(上午11时至下午6时营业,周一休)喝一杯咖啡。这是全京都最特别的一家

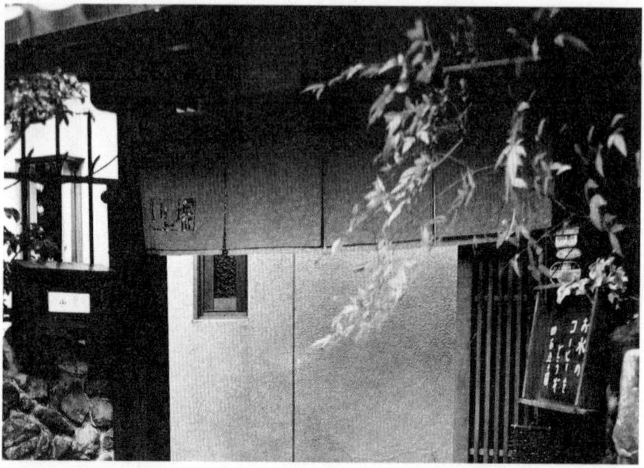

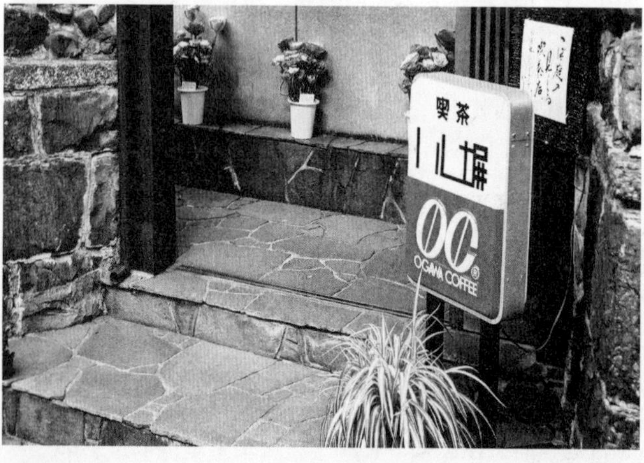
喫茶
OGAWA COFFEE

◎ 石塀喫茶店。几乎像是秘密般地藏在小巷深处,当你发现它,满是惊喜,怎能不进去呢?

店，八十年前的木造老楼，原是茶人茂庵先生与客人、弟子在近处林子里茶室喝完抹茶后一同进餐的食堂。木楼荒败多时，三年前整理后开成今日的茂庵。在此可眺望东面的大文字山与近处人家，颇得极目澄怀之乐。

喝完，若有兴致再游，可向南，经吉田山庄旅馆至真如堂与金戒光明寺这两处景色不错却毫无游人的名胜。

## 金阁寺

咖啡工房（西大路通金阁寺道公车站前）是金阁寺周边最佳咖啡店，不唯自家焙煎豆子，也实是此区已有郊外冷清风意，却咖啡工房的暖烘烘室内教人不舍得离开。

## 岚山

由金阁寺、龙安寺附近到岚山，最好是乘京福电铁这种只有一节的小火车，像是乡趣十足地慢吞吞经过一处处栅栏降下的平交道口。

岚山风景极佳,不必细表。咖啡店则Yamamoto(山本,上午9时至晚上9时营业,天龙寺濑户川町九)也。豆子亦是自家焙煎。店主山本健司也是出色的摄影家。

**下鸭神社、出町柳**

出町柳的站外,有不少好咖啡店,如播放古典音乐、由来自中国台湾的陈氏所开的柳月堂(左京区田中下柳町五-一)与几步路之遥的Lush Life(田中下柳町二○)。另有一店,在它们旁边,气氛随兴,咖啡却极好,几乎是京都数一数二口味叫カミ家,座上客人络绎不绝,也有不少是大学生。

## 上七轩

每月二十五日,北野天满宫有大型跳蚤市场,古物颇多,甚至几百年前幕府时代的火枪,那种枪托上还镂着日本式金花的,亦偶见。老的和服、手袋、陶瓷、漆器、家具、老风景 postcard(明信片)等,满坑满谷。

通常一大早,七点,我先到千本今出川的静香喝一杯咖啡,吃一客蛋三明治,然后才去逛。

静香(今出川通千本西入ル南侧),一九三七年开的老咖啡店,由在先斗町工作、叫"静香"的艺伎所开设,位于西阵之旁,但据说她只开一年就将店铺转让了。而后,现任店主宫本女士的父亲因喜爱上七轩地区而接手经营。宫本和美女士自小就在店内看着父亲工作,而她引以自傲的咖啡豆烘焙技巧及特调混合豆的配法则是由也长期在店内陪伴帮助父亲经营的母亲亲自传授。时光荏苒,宫本和美如今也是老太太了。桌椅是那种西洋形制却有日本修边之精巧风致者。小木桌以红漆为面，上覆玻璃板，板下夹一片红叶。店后小院，有喷泉，旧日闲情也。此地称上七轩，古花街也，由于光顾上七轩的都是西阵的大户，此地遂成为流行文化的前导区。在昭和十几年的年代（1935-1944），一碗清汤乌龙面要价三十日元，而静香的咖啡一杯就要六十日元，由此可见当时喝咖啡是昂贵的高级嗜好。

古物堆中埋首一阵子，累了，想再歇一回、再饮一杯咖啡，则ひだまり（阳光房，Hidamari，六轩町五条通西入ル沟前町一〇〇-九九），这是一家客人坐在榻榻米上、町家式的咖啡店，古意盎然。此区既是昔年如祇园一样的艺伎出没之区，咖啡店正适合开成这样子。

若想吃零食，绵熊蒲鉾店（作者新案，已歇业）的甜不辣全京都最好（日人指南书所称善的在锦市场之丸常蒲

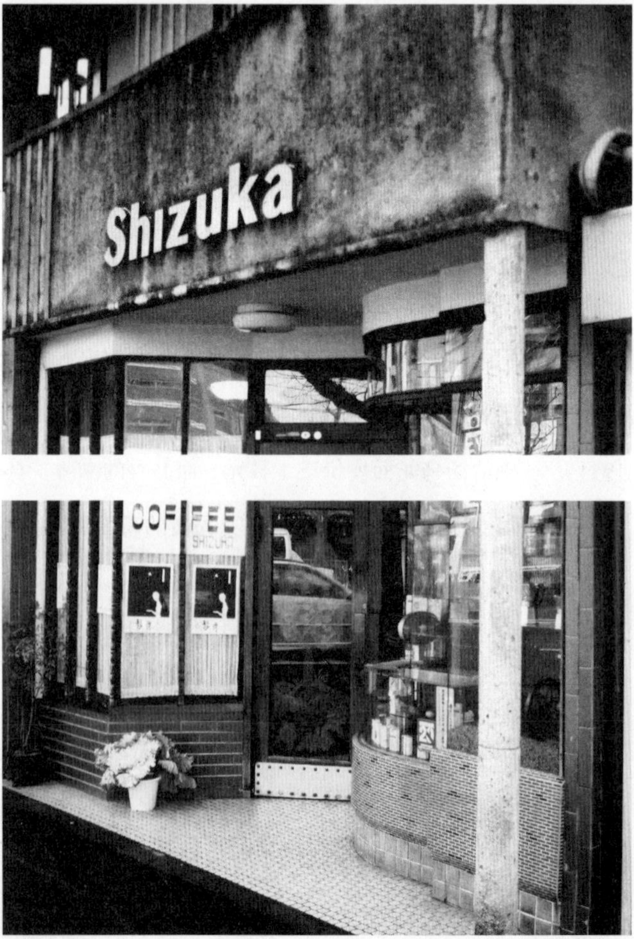
Shizuka
COFFEE
SHIZUKA

◯ 静香咖啡馆。在京都如只进一家咖啡店,不妨是这里。

鉾店与它没得比）。冷吃或热吃皆好。若它刚炸出来，最内行的吃法是，先付钱买定原味四个、牛蒡二个、萝卜二个、番薯二个，如此之类，请老板娘搁在油锅铁网上晾个七八分钟，你这时先去北面几步路远的紫式部供养塔张望一下，再回来取沥过油的蒲鉾。

## 三条

阿兰陀馆（中京区三条高仓，京都文化博物馆内）。最古意盎然的西洋建筑，古典的意大利制桌椅，德国 Meissen（梅森）座钟，英国 Wedgewood（威基伍德）及 Aynsley（安斯丽）杯盘，加上两位老绅士为您煮咖啡。

前田咖啡明伦店坐落于昔日的明伦小学，如今改为京都艺术中心内，亦是西洋砖造老建筑。对面二〇〇六或二〇〇七年开了一家 Via Inn Hotel（维亚酒店），颇舒服安静的一家小巧商务旅馆,是我个人近年最爱它的地段便利、空气清新窗户可开、设计朴素却各物齐备(竟有增湿器humidifier)的佳良下榻处也。

Inoda是"大咖啡馆"(Grand Cafe)之格局,亦是老店。座上客人,常多老绅士,当他们要往外上洗手间或什么的,仆欧(Boy)会替他们开门,一如老年代。打扮入时的妇女亦多,乃此地是京都最时髦的shopping(购物)区,尤以近年三条这条街愈来愈trendy,它原本就极负盛名的西洋建筑如今被改装成店家或博物馆,特受各阶层人士喜欢。看Inoda的庭院、它的廊道、它的吸烟区、非吸烟区之各成天地,来往的客群,它的杯盘器皿,甚至它的厕所,你便知道咖啡馆在京都可以是大企业,而坐咖啡馆,在京都,可以是一桩必要的事情。

整个城市　是

一大公园

京都，整个城市是一个大公园，你不急着找出口。

有不少人很爱游公园，我大约也算其一。像我去伦敦，总爱逛逛海德公园、肯辛顿花园（Kensington Gardens）；去慕尼黑，总爱逛逛英格兰花园；去巴黎，总不忘去孚日广场（Place des Vosges），去植物园（Jardin des Plantes），去卢森堡公园（Jardin du Luxembourg）；去旧金山，总不忘去金门公园；去纽约，总不忘去中央公园；甚至去东京，也趁势顺便穿过日比谷公园。但我去京都，却不怎么想到圆山公园这个其实很有历史也很有佳景的日本元老公园，为什么？因为整个京都本身便是一个走之不尽、看之不厌的大公园。

别的公园，即使它极巨大，也多的是参天古树、奇花异草、栏杆、池塘、小桥、假山、石头、花房、球场等；而京都，它的古树也照样多，好花也照样四时奔放，池塘、桥梁、小山、石头、栏杆、泥墙也照样多，并且还不止此，它还有房舍，这房舍点缀于山谷树草之间，并不干扰游人徜徉。还有马路，这马路也如步道，你可一条一条地细赏慢探。还有人群，这人群穿戴标致，你来我往，皆成移动的风景。还有车辆，这车辆，你可登上，带着你去到几站外的另一处好地方，你接着往下玩。

别的公园，你不会停留太久，至少入夜时你多半会离去。京都这个大公园，你根本晚上就住在里头，一住好几天。

须知人去公园，为了一袭宁静的游走与养息，而不是过多的交接与摄取。故而树林、小径、石山、水池、亭子等最宜置于其间，乃你只泛泛看过、慢慢走经便已是最佳良饱满的消受。我谓京都整个城市是一大公园，而不说纽约是一大公园，便在于纽约太多的摩天大楼将你陷在深谷中，太多的路人或地铁上乘客流露散发出的声息教你不得不注意身旁发生了什么事，太多的喧喧呼呼的五光十色，一言以蔽之，太多的动态。而京都不是，京都总是静态的，你可以静静地、清清地、淡淡地经过任何地方，像经过无数个公园中的树林、土径、小桥、池塘那么样地不打扰到一丝生灵。

这也是京都人的各安其位、各司其职予游客最大的恩惠。他做他的果子、腌他的渍物、剪裁他的吴服、削切他的竹器、油炸他的天妇罗、捏他的寿司、修剪他的树花、洒泼他庭院门阶的清水、驾驶他的巴士、在路口发放他的广告面纸，就如鹭鸶在川上觅食与松针自树上落下是一样的公园景色，静态也。

又京都你哪儿皆能去，且何时皆能去。乃它是静态的，它不袭击你就像树木花草池塘流水不袭击你一般。它没有安全危险的问题。

你想进寺院看经藏、方丈、庭园或茶室,很宜;你想只经过山门,张望外墙,也很宜。你想进商店选买货品,很宜;你想瞄一眼橱窗,只求略知门面设计,也很宜。你看着龙安寺的枯山水,看着青莲院的山门,看着不审庵的外墙,看着东本愿寺的超型巨大屋顶,全可以像盯着公园里或任何自然界山川万物般地凝视赏叹,而它始终静悄悄、笃定定地搁放在那厢。

平常的公园中有许多步道,你可任选一条去走,去寻幽探胜,去运动脚力,甚至去沉思冥想。而在京都,亦充满着走不完又走不腻的步道,便是那些早存在着千百年的小街小路,像清水寺旁的二年坂、三年坂,像宁宁之道,像石塀小路,像哲学之道,像花见小路,像白川南通。

便不说风景名街,只说寻常人家街道,像二条通与四条通所夹、东边的河原町通与西边的乌丸通，四界之内的横竖几十条街，便已教人边走边叹、目不暇给了。

平常公园有些热狗摊、冰激凌车、咖啡座，供游客进一些点心，解解口渴也解解嘴馋。京都这个大公园更精彩了，你若饿了，想吃一碗荞麦面，则"本家尾张屋"（车屋町通近押小路通）或"晦庵河道屋"（麸屋町通近姊小路通）；想站着吃或边走边吃一尾烤鳗鱼，则"尾关"（作庵町五三八，近千本通）；若想吃一锅"鳗杂炊"（谷崎润一郎最爱的食物），则"Warajiya"（近七条通，西门町五五五）；若想吃便当，则三友居（北白川久保田町二二一一）的竹笼便当，或鱼常（竹屋町通室町东入ル）的行乐便当，或井政（七条通御前西入）的茶福箱，或木乃妇（新町通佛光寺下ル岩户山町四一六）的洛中行乐便当。

若想吃糕饼，则神马堂（上贺茂御菌口町四）的"葵饼"，或水田玉云堂（鞍马口上御灵前町三九四）的"唐版"，或杉杉堂（鞍马本町二四二）的山椒饼，或泽屋（北野天满宫前西入ル南侧）的粟饼，大黑屋（寺町通今出川上ル四丁目）的"镰饼"，满月（鞠小路通今出川上ル）的"阿阇梨饼"，中村轩（桂浅原町六一）的麦代饼，二条若狭屋（二条通小川东入ル）的家喜芋，音羽屋（泉涌寺门前町二六－四）的赤饭万寿，松屋常盘（坪町丸太町下ル）的味噌松风，龟屋良永（寺町通御池角）的御池煎饼，龟屋清永（东山区石段下下ル）的清净欢喜团。

若想吃糖果，则豆政（夷川通柳马场西入ル六－二六四）的夷川五色豆，绿寿庵清水（吉田泉殿町三八－二）的金平糖，御仓屋（紫竹北大门町七八）的"旅奴"，老松（北野上七轩）的御所车，植村义次（丸太通乌丸西入ル）的春日乃豆。

这些吃食,太多太多,还不提餐馆料亭呢。

而此等供应,益发显示了京都已像极了大观园,人流连其中,左右逢源,一辈子待着便哪儿也不去,亦称足矣。

京都的
晚上

由于日本治安太好，故京都的夜晚也往往不宜放过，颇值得秉烛一游。

尤其是酒酣后走出小店，最宜先散步一阵，新桥通、白川南通、花见小路一带原本是风景秀美地，近处又多买醉之所，在此散步本就很宜。

为了享受夜景，常在出发前便选择靠近阴历十五的日子，为了多得皎洁月光也。记得十多年前的一个晚上，抵达京都，竟逢上中秋夜，银光洒罩下，大德寺旁碎石子地我沙沙走着，来到一处青年旅舍（youth hostel），这种天成情景，太是教人难忘了。即使是中秋节这种我们中国人心中的大节日，京都依然幽清如常。

这种自月光下见得之京都，颇有小时看日本古装片的情味，如何舍得在几天匆匆的观光下随手就放过呢？

最佳的夜，在夏天。鸭川两岸，三条四条所夹，此一大片区域，充满了活动。卖唱者也各显其能，来自东京的，来自九州岛的；唱摇滚（rock and roll）的，唱蓝调（blues）的。料理店的纳凉床上，坐着饮宴的客人，夜深犹不想离去。从三条大桥走过来，再从四条大桥走过去，一晚上不知道走了多少次。这样的年轻人太多太多。

也有坐定不走的。他们买了啤酒，坐在川边喝。若是京都大学的学生，或许选择鸭川较上游的位置游憩，如京都御所东面、荒神桥附近。

很奇怪，夏夜总是与水有关。岚山的桂川两岸，亦多坐游人，聊天，乘凉，弹吉他唱歌。

日记　游踪

举隅

## 一九九四年

九月二十日。

由关西空港乘 JR 火车至京都，一千八百日元。先至天王寺，再至大阪，再转乘，至京都。

乘乌丸地下铁，至北大路，费二百一十日元。

再乘 TAXI（计程车）至大德寺旁的青年旅舍，费八百五十日元。放下行李，已是深夜十二时，遂外出散步，越过远远寺墙及一棵棵松树看中秋之月，甚美甚寂静。吃一碗拉面，五百五十日元，返住处下榻。

这是日式木造二层楼老屋，坐落于寺院墙底深处，极幽清，百年前不知何等人可筑雅屋于此。房东夫妇，老先生与老太太，英文皆颇好，令人窝心。屋前一株枇杷树，人临二楼窗台，伸手可触。处处可嗅得蚊香之气味，金鸟牌。

Kyoto for the Layman

九月二十一日。

银阁寺之佳胜处,在于青苔。多种红桧(或杉)、松树、竹丛等。树所寄根之地,皆覆以如绒之青苔般细草,呈现出除了绿以外的苍黄,或另色之多层眼界。

哲学之道,的是一条清幽步道,许多房子也颇有可欣赏处。小商店开了不少,有一家叫 Omen,据说略有名气,但没找到。

南禅寺左近,景致开始宏阔,山门与殿房又高又大,配以旁侧庭院宽远,令人心旷神怡。附近有些院、庭有卖汤豆腐,人跪坐榻上,就着矮几,看着小桥流水,慢慢进食,多么适意。

看来,日本人喜欢用碎石子铺路,许多小路皆明明可以做成平的路,如用柏油或什么的,但他们仍铺成碎石,想必是古风,亦为了步感。确实踩在上面颇有一种走在卑

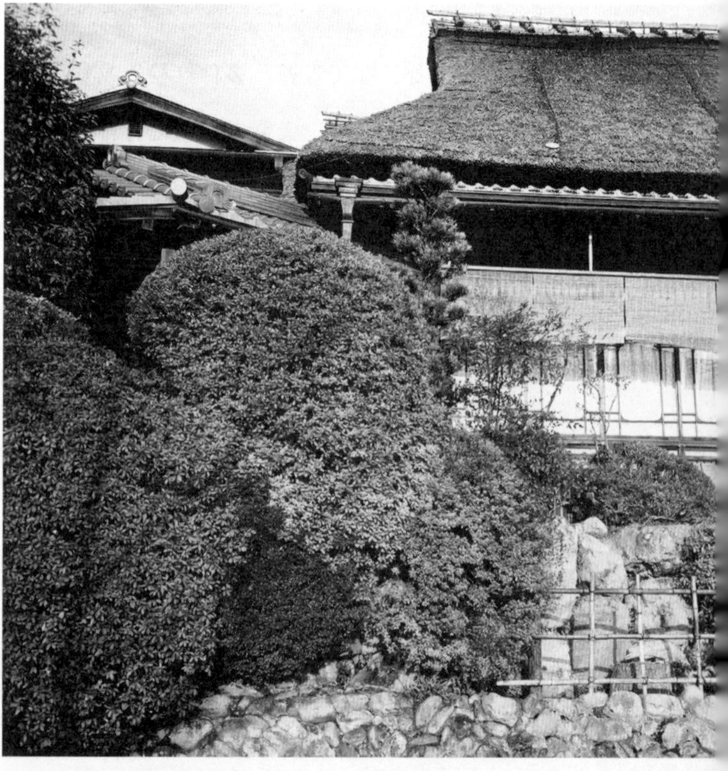

◎ 一见形制典雅的木造屋舍，不免伫足凝视。

微家宅左近的温馨贴适的情感。第一夜抵青年旅舍时，自计程车步下，第一脚踩的便是沙沙的小石子声，同时想到夜已极深，不敢大步拖扫石子造成喧嚣，更是步步为营、很戒慎的样子。哲学之道亦是铺着碎石子，这么长的一条路，要让人这样子踏着走，自然是很富意念的。

东寺的市集（每月二十一日的那巨大市集），有人摆食摊，搭着棚子，棚子下有一种坐板，其实像个小榻，人可以斜着身子坐下，或吃面或喝茶什么的。后来在银阁寺前、在圆山公园等好几处地方皆见到，许多吃食店门前便摆着这么一张长方形榻凳，还铺着一块红布，真是很令人印象顿时深了起来。想来这必是古意，一种老风范吧。

东寺中的旧货摊里，有一些旧明信片，也有一本老剪贴本，贴了很多五六十年前的商标条子。一入目，其中有些彰化什么的，再细细翻看，尚有嘉义的、台北的、台南的，颇多颇繁，整整一本，莫不有上百张，显然是当年日人据占中国台湾时的商标。一问价钱，两万日元。嫌它贵，放了下来。晚上回想，其实也不贵（回家后与收藏古玩的朋友聊起，他们谓，这若拿回来，两万新台币也不止）。

今年为京都建城一千二百年纪念，东京影展特别移至京都来办，中国台湾亦有团参赛，杨德昌《独立时代》一片亦在其中，组了参展团，过两天会与我在京都碰面，家住京都的日本导演林海象亦将自东京赶来相晤，余为彦亦在，届时又有好一番热闹。

九月二十四日。

奈良元兴寺中所抄。

半空涌出两浮屠 更有伽蓝俯九衢
十二帝陵低不见 黑风白雨满南都

       藤井竹外 作
        江户

谁识伽蓝昔日隆 门屏久废混街中
远近先望元兴寺 五重飞塔耸晴空

       二条澹斋 作
        江户

结庐在人境 而无车马喧
问君何能尔 心远地自偏
采菊东篱下 悠然见南山
山气日夕佳 飞鸟相与还

此中有真意　欲辨已忘言

　　　　寺西乾山　笔

　　　　书于龙安精舍凌虚室中

　　　　昭和甲戌（九年）之夏五月也

　　　　乾山时季七十又五

此寺颇残破，在残破寺中抄下这些旧日人士题的诗句，很奇特的感觉。又这些汉诗，恰好与奈良、京都之诸多古风景意极合也。日本寺院并不兴汉字楹联，稍嫌惋惜；然今日抄得题壁诗，亦得韵致也。

后二首，抄了几句，便觉眼熟，继一想，原来是陶渊明的《饮酒》中一首。乾山，不知何许人，昭和甲戌，西历一九三四年。

恰好今年一九九四，亦甲戌也，其间整整相隔一甲子。

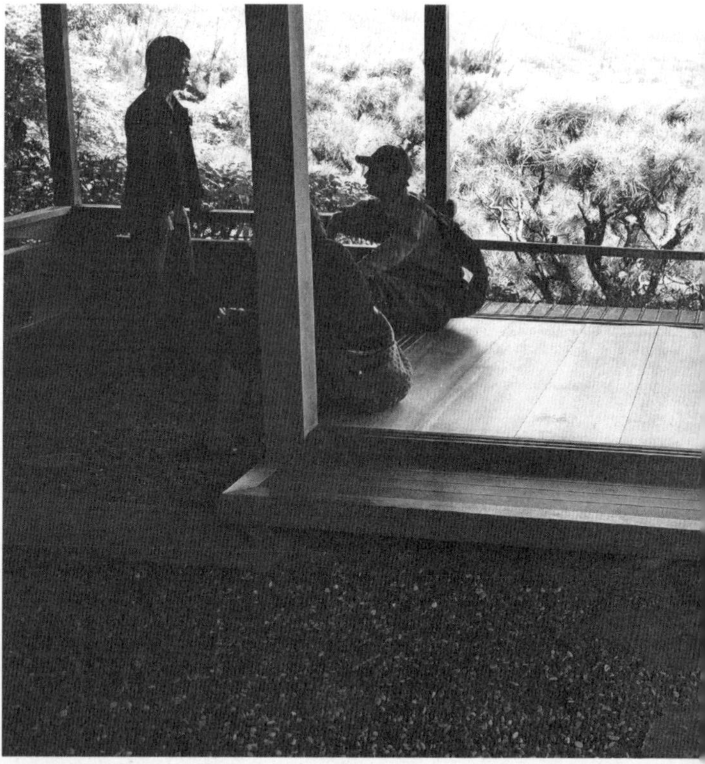

○ 大河内山庄内高处的眺望亭,香月。

## 二〇〇三年

九月三十日。

岚山。多店本日未开,吃早餐、午餐俱颇费周章,周二实非游岚山之日。

天龙寺,曹源池及池后山石,甚佳,为梦窗疏石国师所造之庭园。"书院"通往"多宝殿"之长廊亦佳。"百花苑"树木广植,且巨高参天,又得疏朗之致,为金阁、银阁二寺后山树木紧密所不及也。出北门,向西行,两旁为竹林围起,竹极修长,约当六七楼高,叹为观止。不远,抵分叉路口,亦是佳景,西北一径通山上,是为"大河内山庄",乃演员大河内传次郎(1898-1962,默片时期演出伊藤大辅所导之《丹下左膳》成名。二十世纪四十年代演出黑泽明所导《踏虎尾之人》更是其杰作)于一九三一年开始购产建园,以三十年岁月建成如此。

山庄内青苔养得极好。登高,能眺岚峡。再行一段,有一亭"香月",可眺比叡山。

离山庄,北行,沿小仓池东岸走,至"暮霭庄",仍未开。再北行,于常寂光寺与落柿舍门墙外稍张望,不忙进入,继续寻吃饭处。东行,见"竹乃家",亦未开,向南穿嵯峨儿童公园,东行至南北向大街,终吃了一家有"亲子丼"及面条的小店,甚好,叫Tajima(田岛)面馆,亦廉宜。

西向,回原路,北走,二尊院门前,在"定家"竹の店,买带竹皮的筷子一把(十双),六百日元,此店建筑甚老,有气派。

由此向北,店家及民宅安静,亦入目舒服,茶店或甜食店皆素雅有气质,是与人聊天并略歇脚的好处所,亦是自己一人阅地图写笔记的佳好场地。例如"仙翁"左近等店。"人形の博物馆"(人偶博物馆)的门面及墙内庭院皆颇可看。

"寿乐庵"是村家小店,汤豆腐只八百日元,便宜之极,此庵已颓败,原先(如八十年前)想是郊外别业式的雅士草堂,木工颇有味道,几有局小诗仙堂之意趣。如今一中年妇女领着一帮忙女学生在照料生意,你在萧瑟的深秋独坐又独酌,看着她们二人,揣想此近似母女二人相依为命画面,略有冷清意。午后在这样破旧小店歇歇脚,亦是偶得之清乐也。

继向西北登上,直抵鸟居本,一路皆是茅茸厚积屋顶的村屋成排。其实应乘七十二路公车在清泷川方面下车,由北向南玩,下坡走来,当更轻松。

十月一日。

起大早,公交车犹未发班,先自旅店 El Inn 乘计程车至五条坂与清水道交会处,亦即三年坂街角有"唐辛子七味家"店之地,开始步行。北向,既走二年坂,也在横向小街中绕行观看,颇多惊喜。几无游人,而店门深锁,最是可细审门窗精美典丽时机,非寻常游客穿梭、店面货品满目时之凌乱可比。

石塀小路须得缓缓细看,"田舍亭"旅馆亦在其间。

经"长乐馆",由圆山公园的东南角(即"红叶庵"近处)入园,再自知恩院大门前出,匆匆赶回 El Inn,退房,赶至不明门通的某家小旅馆置放行李。此传统旅馆共有六间房,甚佳。我住"岚山",单人房,六帖半。旁为"金阁",亦六帖半。余为"鞍马""贵船""平安""圆山"四房,稍大,为双人房。

下午自冈崎公园东南角开始东行,经瓢亭、无邻庵、跨"南禅寺桥",经"八千代""菊水""顺正""奥丹",至

◯ 沿着杜家而流穿的明神川。

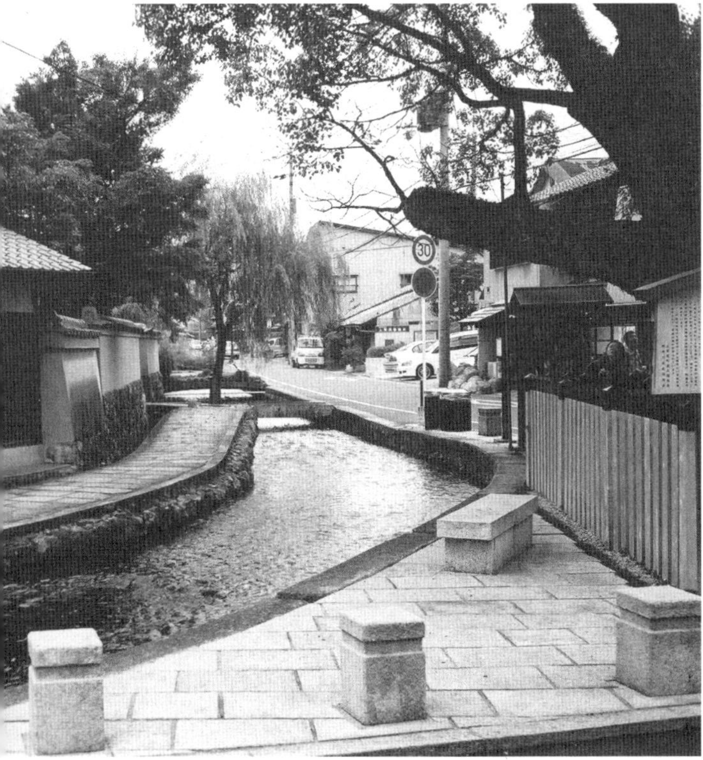
30

南禅寺山门，稍看，便北上"哲学之道"。法然院已关，谷崎润一郎墓未看到。银阁寺门前也逛看，便在白川通与今出川通乘公车返回。夜晚问房东附近有好吃拉面否，房东亲自引我们至"第一旭"（盐小路通高仓下，ルバス停前）吃拉面，不错。途中指一幢刚落成大楼，谓："中国台湾来的人若要在京都置产，此处的房子还算不贵（不记得他说是两千万新台币还是多少），倒是可以考虑。"

不知有人动过此念头否：

中国台湾应有人来此买房，每年秋冬住下，在家中做菜置酒招待游京都的台湾朋友。如我朋友郑在东一家，便最适合。游人自住各自早订的旅馆，白天四处赏看风景，看山看水，逛街看有趣事物，晚上则带来绵熊蒲鉾店的天妇罗或某店的渍物或甘味，到郑府吃饭喝酒，聊些京都的季节生活或山水享乐。

不少家境尚可的老人，便已极适在此终老林泉的生活，但京都他们一次又一次地来吗？

十月二日。

一早，乘九路公车至上贺茂御薗桥，先在モガンボ［即 *Mogambo*，克拉克·盖博演的《红尘》，地址：大宫北桩原町四三。电话：（075）492-1669］吃早饭，即咖啡加一片吐司，甚不错，每杯配一颗半方糖，放在汤匙上端来。老板为一老先生，事情做得很仔细，店中全是老先生老太太，每人一进来，先至柜台取老花眼镜，坐下看报，洵社区小店之美俗也。

看上贺茂神社，世界文化遗产也。沿着山坡，古木参天，地面青苔成韵，深有园林之趣也。

涉溪园为贺茂曲水宴开催の地（举办地）。

旁边小溪，水流甚急，空气甚鲜青。此小溪或便是明神川之上游？

沿明神川东行，沿路有大片"社家"群落，门饰墙作，颇有可观。进"西村家别邸"，门票五百日元，不值也。反是上贺茂小学校墙外的人家颇值一看，有一家还栽有猕猴桃（即移植新西兰后称"奇异果"者），倒教人觉得惊奇。许多家墙内，柿子结成累累。在此间闲走，竟发现明神川东折西弯，竟进到了人家地底下，成为暗沟了。往北，在"爱染仓"吃意大利面，庭园广大，屋宇壮观，俨然如飞驿高山的村家巨梁构造。若不吃"爱染仓"，我会去"末广"吃荞麦面。再走不远，有"冈本口公园"，社区小公园也，却形制颇工整，儿童玩具亦设计得有品味。

取植物园北门通南行，附近有稻田，近北山通，颇有些精美小店，在 Trial and Error 买了三个印有他们 logo

（商标）设计的BIC（比克）小型打火机（日本，处处喜欢设计），准备回家后送人。

步行至"京都府立植物园"，树木繁密，真是不错，尤以"京の庭"旁的木亭，其凳子的尺寸完全经典，怎舍得不稍坐呢？在"中央休憩所"看"大芝生地"（大草坪）上躺着的大人小孩，心想：中国台湾人犹无此文明也！

"不审庵"，甚有幽静气质的一片所在，木墙小门，而门深闭，门旁有小亭，如同进茶室前的等候处，而那些紧闭的一扇扇原木色小门，则像是通往好几处不同之茶室。这样一个肃穆小庭，一个人也无，环顾四周，只见一扇扇紧闭小门，太叫人迷恋了，却又很迷惘，尤其在此向晚辰光。突然，有一两扇门开了，走出几个着和服的西洋人，状至虔敬，跟着，也有一个日本茶道师傅模样的人走出，一分钟后，人又完全消失，又静穆了。好奇妙的感觉！此处似不对外公开,我们是不小心闯进入的。

出庵,时近黄昏,见对过有一寺,在昏暗中,此寺微显荒意,颇有气氛,便跨过马路,走进去看。寺称"本法寺",竟很古朴无人,如同荒废,向晚时分,这一处地方颇有老日本电影(如沟口健二作品)场景之幽魅情境。

在堀川通上的"天神公园前"站乘车南向至四条河原町,在祇园附近的键善良房吃葛切,味甚美。有黑蜜、白蜜两种糖浆,近年流行养生,自然选黑蜜。以漆器盛来,绿面黑底,已不同于数年前之红色,却一样制作精良。

十月三日。

大原。先向东,往三千院方面,沿吕川,在志ば久买酱菜,甚好。店后的厂,其前有泉水,甚甘美。沿菜田再北,可抵"柏木"民宿,此处景开阔,稻田宽平。

三千院前满是观光团，不忙进。后鸟羽、顺德天皇大原陵，稍驻足，景佳。门房之建筑不错。胜林院，由外观看，已甚好。

进实光院，庭不错，茶室（理觉院）最有可看，而候茶的小木庭亦不错。九年前尚没有一块大石碑，如今立在那儿真煞风景。"不断樱"亦特别。

中午在"吕律茶屋"吃冷的手打荞麦面，味甚香美。

向西，沿草生川行，村家屋舍颇佳，田畴及埂上红花亦澄人心怀。"草庵"，是草木染的丝、麻织品店，房子有百年老，农家风格，织品亦极好。"云井茶屋"，味噌锅，味平平。

十月五日。

早上乘二〇六至百万遍（今出川通及东大路通），在进进堂（Shinshindo，京都大学北门前，一九三〇年创业）喝咖啡并吃早餐。它的桌子全是厚木长方大桌，每桌可容七八人，如同食堂式，但整洁有古旧气派。

向南走吉田本町通，看吉田神社，向东穿过吉田山公园，南向，在"吉田山庄"门口观看，甚雅致，宿泊要三万五千至五万日元，只是中午吃"华开席"则要三千五百日元。

东南行，至真如堂，不少建物亦颇古。

南向往金戒光明寺，御影堂颇宏壮，山门亦雄伟，山门前阶梯，景深通远，很可徜徉。

周边有好些院，永运院今日有音乐派对，难怪一路上许多老外，骑自行车的、步行的，皆往此处行来，院墙深长，高低起伏，如同西洋人往佛国朝圣之旅。然他们轻装简扮，T恤、夹脚拖鞋，还不少操着流利之极的日语，看来早在京都住下颇长年月，甚得东方古都过日子三昧。今天之派对，还请了日本吃店（头上扎着巾布）做 catering（饮食服务），木制食盒一屉屉地往内搬送，为的是 Café Carinho 三周年纪念之聚会。

南走冈崎通，进平安神宫。

往南，取神宫通，周日安静，益显此街道冷清，越三条通，取一小路向东，见"粟田山庄"，高级料理旅馆也。

抵 Miyako Hotel，登楼，至后山的庭园，有瀑布，是小川治兵卫（屋号植治）的作品。再至"佳水园"，水中有山，假山也；山有松，袖珍小松也；有流泉，细涓也，亦是庭园造景之佳作。大厅甚朴素，又极高雅，难能可贵的大饭店。

在蹴上将乘地铁东西线，眼前是琵琶湖疏水道的进门处，我多年前去过。地铁东西线接乌丸线，返回京都驿。

十来年前，记得三条通路面上，有"空东空东"的电车

◎ 琵琶湖水路阁的门道。在蹴上站旁。额题「雅观奇想」。

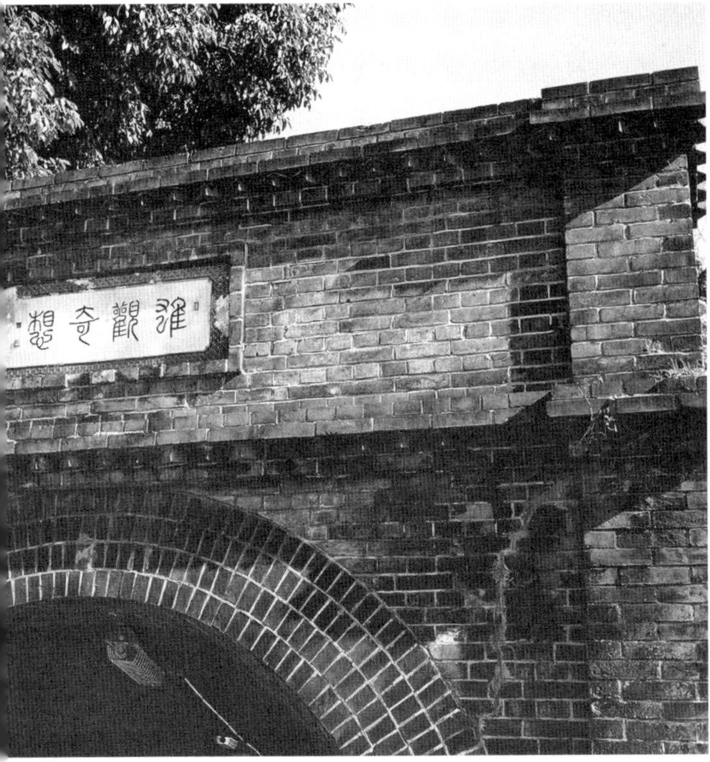

经过，似是"京阪电车"；一个没留神，怎么不见了。如今自地铁东西线的蹴上站出来，只见地面上平平的，像是从来上面没滑行过火车似的。嗟乎，连京都古城变化亦恁大也。

十月七日。

车站周边。旅馆林立，当是颇多选择，人应像寅次郎般随时走进一家小旅店便住下。相信只要不是旺季，此地住店当极方便并可体会日本小民在行旅中下榻之趣也。

涉成园，火车站边一惊喜也。游人不多，且园池清旷，亦日式逸士之园林也。"漱枕居"俨然我心中草堂也。园子进口处的厕所设计亦甚朴好。

印月池的石塔上不知何时停了一仙鹤。

面对园的大厅屋，有人宴饮刚毕，做 catering 的人在收拾。匾额称"阆风亭"。

另有一小池，更佳，有小瀑布，亭称临池亭（Rinchitei），轩称滴翠轩。过池上桥（侵雪桥），抵一山，山上亭"缩远亭"（Syukuentei）。

十二月十六日。

东福寺周围院庵所夹小道甚有可看。尤其门墙外的卧云桥及门墙内的偃月桥、桥下小溪、溪两旁的红叶掩映，真好景也。

此为洛南，再往洛北。诗仙堂已去多次，今日便略过。

金福寺有芭蕉庵、有越国文学播磨清绚撰的碑文，可一看。

才胰貌癯　锦心绣肠　行云流水　十暑三霜
野老争席　桃李门墙　人与骨朽　言与誉长

勒珉此处　建家多方　维斯名寺　风水允扬

卜邻高士　魂其归藏　虽非桑梓　维翁之乡

　　　　越国文学播磨清绚撰　安永丁酉[1]夏五月

　　　　　　　　平安处士永忠原书

圆光寺的十牛の庭，在红叶满罩下或成一景，然实全寺不值一哂也。

曼殊院，只能待在屋里，不准进院。这一来，变得极无意思。虎の间（大玄关，Great Vestibule）、竹の间、孔雀の间、大书院、潼の间等固有稍看，却不令人惊艳。

良尚亲王的隶书联句，倒颇有趣，也抄了一些。

---

[1] 安永六年，即1777年。

情多最恨花无语
愁破方知酒有权

人生几回伤往事
山形依旧枕寒流

古琴带月音声正
山果经霜气味全

新句有时愁里得
古方无效病来抛

　　曼殊院稍北不远的清心庵，进门处颇可一看。又近处远眺东面山，红叶秋山，亦得澄怀。空旷高处向西眺，城市屋顶收于眼底。

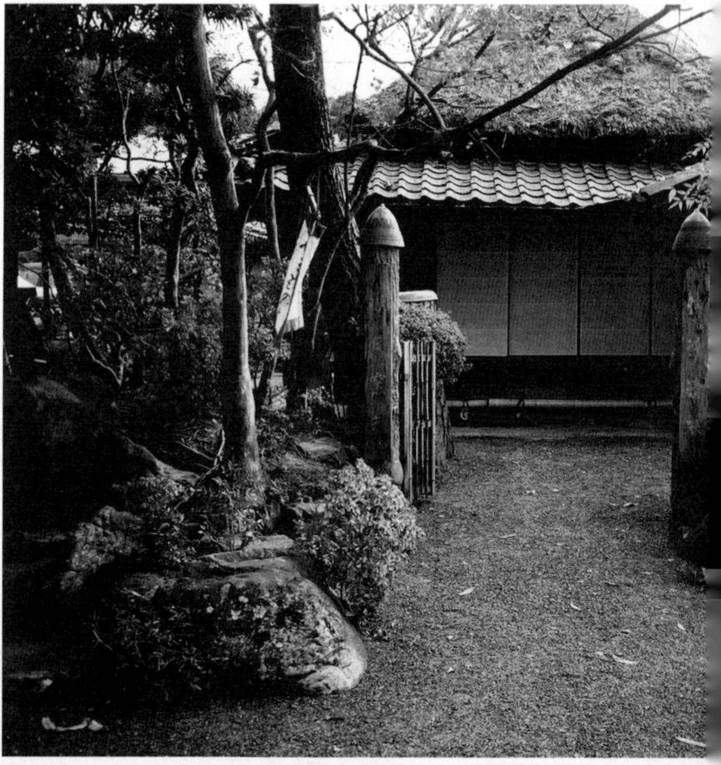

◯ 朝日烧窑艺资料馆门前两柱，朽木上刻有对联：河滨清器，朝日窑元。

鹭森神社左近的林子，很富幽情，可稍驻足。在弁天茶屋吃了午饭。

果然，除诗仙堂外，这三寺皆不值也。

十二月十七日。

宇治是理想的逛街郊外小镇，宇治桥通向一条老街，与铁路平行，老店颇多，又具乡趣，"中村藤吉本店茶问屋"院中有"舟松"，老树也。街的尽头北面是河，即宇治川，川上有岛，甚是经典之地势。

人在京都久了，往郊外去，这是一处好所在。朝日烧窑艺资料馆的老木屋进门对联是刻在朽木上：

河滨清器

朝日窑元

旁有"山田绿地"小碑标，上有一木亭，休憩处也，却精制，形简朴，面对河景，佳所也。北面"百盛咖啡馆"，位二楼，窗宽大，可望景。此为宇治川东岸之路，古木成荫，色彩丰富。至若川东公园那面的东海自然步道（即源氏物语博物馆东缘）亦甚好。"山庄中西"卖纪念品小物及衣衫，很像独自一家的林中跳蚤市场（flea market）。

桥，是宇治的重点，佳美之桥甚多。川西岸的路亦佳，"对凤庵"是市营茶室，却极古雅，茶资亦廉，但供应的是抹茶，太正式了。隔邻的"宇治市观光中心"，供应免费的煎茶，可以连喝两三杯，更轻松。

由此向北至"源赖政自刃の地"，中有一小段，可自高坡处透过树缝眺到平等院墙内的"凤凰堂"，不花钱却又隐约得之的佳景也。更北，有旅馆"万碧楼"老店也，似又很便宜，一宿带二食，才六千五百日元。倘只住，四千日

元。（二〇〇四年秋已改为餐馆）

## 二〇〇四年

十月十九日。

因为台风，早上雨不停，几乎不想出门了，但一想不可以。

跳上七十一路公车，直奔底站"大觉寺"，费二百五十日元，乃跨区也。

所谓"最美好的地方"，必定是那种你想说"到了这里，我不想离开了"之处。雨天早上只有我一人时的大泽池称得上是。名古曾泷迹近处的木亭子下，我坐在中央那块正方形榻式的木凳上写下这些。

听着雨声，听着鸟叫，看着鸭或雁在池畔整饰它们的翅膀（因雨大，便不在池中游了），时而我站起来伸伸腿筋、大口呼吸新鲜空气，这一刻，我说什么也不想离开。

大泽池的大小恰好,四周是高树,将之围起。树外头是农家与田畴。池的进口,有茶室"望云亭",隔篱张望,便已极好。门外或篱外张望,是游赏京都之大诀窍。并非各处皆必进入也。

中夜无事,在房间扭开电视,BS2台[1]午夜十二时播的片子是一九六二年的黑白片《星期天与西贝儿》(*Sundays and Cybèle*),二十世纪六十年代的台北也放映过(译名是《花落莺啼春》),试想那时看到的法国城镇冷峻却清美的风情,心中会是多温暖又想象无限奔飞啊!而今夜,窗外或还下着雨,事隔四十年在京都这样一处也可能甚凄清甚淡远甚或还颇黑白片式的他乡城市看一部似曾相识的艺术老片,那种感觉,噫,几要教客中之人心碎也。

---

[1] 日本广播协会旗下的一个卫星电视频道,2011年停播。

◎ 隔着树影看向平等院的凤凰堂,门外汉之趣也。

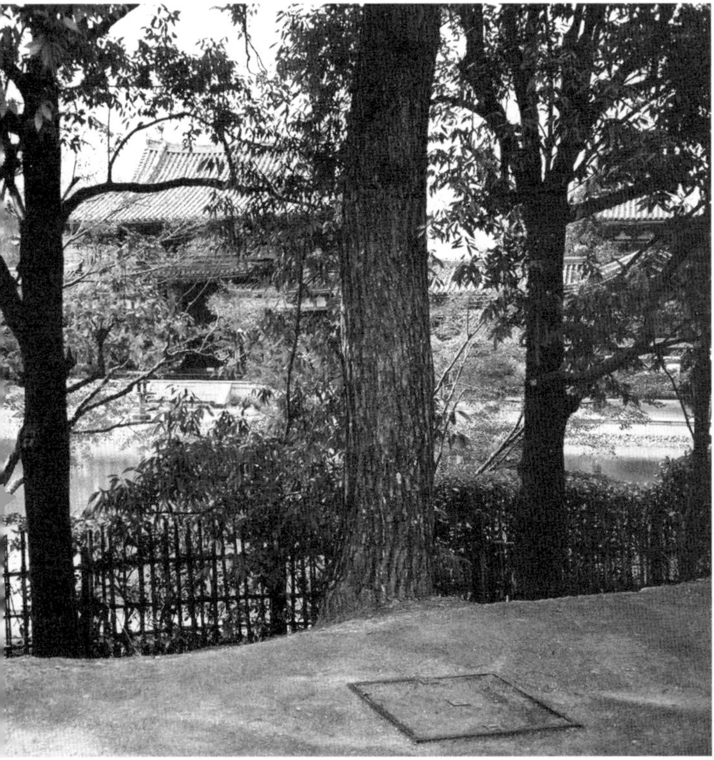

倘若老来,

在 京都

当我老了——人总要老的，不是吗？——倘若能住在一个地方，像京都，或许原欲效法古人生活之梦，莫不便能实现？

每日在房中兀坐的辰光必定增多，老人嘛，而日本屋室最宜兀坐，矮矮的，天地不至空冷，人处其中，很感嵌合。又暗暗的，教人目光只如垂帘，似看又似不看，实则亦无啥必须注目之物，便这么轻轻待送光景。坐歪了，便往墙边倚一下，墙面泥粉老旧光润，靠着竟很贴适。若临窗，亦得眺眺窗外。又有时坐歪了，想找一物来支一支肘臂，日本古人原本有此一设计，如同"凭几"，这时最好便在身边，说靠就靠。肘有所支，上身便因借力而顺势自然欲往上提，这里撑提一下，那里撑提一下，时而支着左肘，又时而换到右肘来支，便因这件小家具，榻榻米上的清坐可不枯闷矣。

其实目力有余,又怎会清坐?自会寻书寻画来览。榻榻米上恰恰最宜摊看册页、卷轴,平铺而观,若要全景则站远,若要细节则凑近,慢瞧细审,好不过瘾!然多半览看不了多久,年迈易倦也,至此要歇一歇了。便将纸册收拾,治水烧茶。

茶,自不能杯杯做抹茶,浓煞人也。不妨玻璃杯泡龙井等江南嫩叶绿茶,淡淡而啜,已解渴干,也清喉龈。若欲稍浓,台湾的高山茶以盖杯来泡,亦已美足。瘾头要再不足,紫砂小壶泡武夷佛手,最振人精神也。

泡茶用何水?去伏见取地泉涌出水也。谁取?问得好。既然老来能在京都住上些许岁月,如一年中有几个月,则当能入乡问俗,早结识土著不少,甚至颇受重于某些圈子,而有事弟子服其劳,这打水一事,大约每十天半月或有后生驾车办来。

京都最适品茶。中国各地可以选取的茶叶颇多，尤以近二十年大伙已努力收集囤积老茶，正应好好备一些在京都慢慢享受。亦无需杯杯独酌，可以邀人同饮，更不妨出外找三五同伴，不时更换良所幽亭相聚共酌。茶道具一节，当设计简易杯盏、小瓦斯炉、水壶。以有活动隔间的帆布袋装放，一拎便走。这就像食盒一样，在京都绝不可嫌其麻烦。拎它赴外，太多太多乐趣也。言及喝茶地点，这是京都最能傲世之绝等优势。而老境既至，更该好好去抵那些美好所在，以喝茶为名，在那儿清坐休憩一会儿也。

日本吃饭，原本不易；中国老人迁来住下，更需在吃饭一事做些设想。且看日本米饭，质地恁美，粒粒清亮，又蒸煮得宜，总是松软适度，任何时候端来面前，一筷子舀起，便已知是大地恩赐，心中雀跃。然如此白饭，该与何式菜肴相就呢？不可餐餐与咸鱼、渍物、佃煮芋艿马铃薯配食。倘有三两块红烧肉，皮韧肉肥，与饭同嚼，再加一个土鸡蛋煎来的荷包蛋，再有几茎爝至极烂的芥菜粗梗，如此烂糊糊、软兮兮地吃饭，最是老人的无上慰藉。

日本之炸物，技艺极高，天妇罗总能炸成不油，神乎其技也，油之调配与管理的一丝不苟也。小酒馆的炸鸡，没一家不好吃。炸猪排亦是日本多店之擅长。

但说到红烧肉、东坡肉、坛子肉、梅干菜扣肉，则非得吃中国式的。卤的猪头肉，亦须中国吃法。粉蒸排骨，排骨汤（萝卜排骨汤、海带排骨汤、玉米排骨汤……）等，亦须中吃。

另就是包子、饺子、葱油饼等，亦须自己张罗来吃，日本不易吃得也。

京都吃青菜，亦须动点脑筋。市场买菜，价格不低，亦太多蔬菜未必时时见于菜场。倘自己有小小一块菜圃，栽些葱蒜，种些豆子、绿瓜，并一些西红柿、辣椒等，则吃饭问题便不那么拘泥也。又老年生活，平日最高的过日子境界，种菜便是一项。且看京都近郊小山，偶于散步之余，掘些山土，一小袋一小袋，倾倒在家后院，与京都气候之温润相合，最能长出好菜。若自家院子不足，亦不妨到乡下农家租小片地，央契约农照料收采，亦是一途。

人谓日本吃面讲究；荞麦面当日手打，固然好极，其余面食，日本不甚出色。吾人平素随口吃的麻酱面、炸酱面、红油拌面、福州干面、雪菜肉丝面、打卤面等，日本不来这一套也。

更别提牛肉面了。

京都冬季亦冷，火锅实是御冬良物。尤其是酸菜锅底，不论是烫些羊肉、猪肉，或是鸡肉；不论是丢些蛋饺、肉丸、豆腐或是鱼块，皆宜。

野餐在京都最称绝配。须备一食盒，藤篮竹篓皆可，有时几个花卷、一块火腿、一块牛油、马铃薯与蛋色拉，再些许苹果、梨子、干凝柿子，置放其中，便能出游。

虽说老来唯好静万事不关心，但住京都为的是留在城市，免得乡居寂苦也。而老人居京都，其实心中仍多乡田，乃体力不消使于喧嚣街衢故。又京都花树扶疏，原是城市山林，每日剪下墙花一株，插竹器中，室内室外，俱是田园，教人心远地偏，其非休息养老的美镇。

移居来此，倒是选何地好呢？城里是最好，像御池町通（北）、四条通（南）、河原町通（东）、乌丸通（西）所夹的真正市中心，固然雅驯极矣，方便极矣，亦受市井照拂温厚极矣，然未必说住便住得进去。

若住郊乡，或也不错。甚至能够自相山地、自建小屋，打理成宋朝明朝山水画中草堂形式，木门竹窗，茅檐绳床，不知可有多好！甚至一沙一土自叠墙石，自编篱笆，一如自种豆自种菜，皆是在京都最佳享受。

　　桌凳之设计，亦可全制成最低简空无的情态；即：若无用，绝不多添。我谈论多年的"家徒四壁"观念，何妨在京都践履出来！碗碟之选用，亦趁此良机用上平日早留心久矣的最朴素庶民的各地陶瓷实品，河北邯郸的黑釉小碟，广东福建三十年前出口至香港与旧金山唐人街的白碗皆是如今之好器，兼是廉品，最可派上用场，断无需烦劳无印良品等铺号供应也。

　　京都最适养生。人老了，珍惜晚年不多日子，养生原是课题。养生，便应好生。所谓好生，即好好活。京都便因地方好，令人跟着它想好。想好，是养生第一要务。余如它的空气好、叫人随时想大口吸气；它的水域好、教人时时想亲近它；它的公共空间极多极好又早上极没人在左近打拳锻炼、教人不时想伸展腰腿舞舞拳脚；它的亭子、树下又多又好，教人时而忍不住在其下弹弹古琴吹吹箫笛；凡此等等，也只不过是小节了。

京都最适待客。世界各地的诸多好友，有多少迷死了京都！然究竟何人驻守京都来款待他们？噫，何妨我来担任。一年中偶有几拨来访，此是人生何等福缘，带他们四处走走，赏花看水，凡坐下歇脚，皆可有说不完的话，聊不完外间之新鲜见闻，多么教人欣喜。而三五天过后，朋友离去，又留下你原本清寂却未必枯冷的京都本色岁月。

然三日五日度过，又思人烟。主要为了说话。否则胸闷。故必于京都早即觅好朋友，方能成行。若日语自己仅粗通，欲与人深谈却不能尽言，取纸笔手谈，亦得良趣，兼是雅事，甚而此等情趣举世唯我华人方得享拥，噫，思之更增一乐也。

所聊之事，当非时政世道，而多半是吃饭睡觉、鸡犬桑麻，身边事也，亦是要紧事。话至投机，以之下酒；酒过三巡，兴致益高，嗓音益大，取折扇，以之做道具，借那几分酒意学日本古人屈膝躬背如俑偶，慢移台步，唱演剧曲；只求吟哦似之，遣怀增兴，畅纾胸次，好不乐乎。深夜踏着醉步，摸着长墙，缓缓找回家门。

倘值雪夜，访友最美。尤以京都不是越后（今日新潟），下雪不易，弥珍也。沿着白川这等小溪行来，处处小桥，处处人家；小桥无人，人家有光；雪夜里一一经过，似清冷却又透露温暖也。此番情景，宋明以后，便又何处犹能见得？唯京都耳。

京都冬天极少雪，又极寒，谷崎润一郎谓太冷不适老人居。故若我冬天在京都，看来只有终日抱膝缩颈窝家中。

然即此亦好，乃雪夜过访景象时萦心中，早造就丹田一团暖火矣。

入夏好风南来，纸扇轻摇，择一无人山门，避炎阳于檐下，忽地睡去，如在自家，日薄崦嵫，犹忘了醒来，直是羲皇上人。

老人体衰，凡事不可做得太满。吃饭不可过饱，喝酒亦喝个几分便好。恰好言于日本生活；如喝酒不需喝醉，最好只喝两杯，即有醉样；便是要此醉样。而不是要醉。

这便是居日本之方。演得像也。

春天有樱，秋天红叶，叹不胜叹；你也对花赞叹，便是矣。即使今春今秋不甚有感受，亦不妨表露得深着胸怀。四时存焉，天地不言。故你更要演得像，怎忍心辜负了四时。

这也是为什么老来要住京都，太多的风流蕴藉之事，灯宵月夕，雪际花时，你皆可扮上一个动作，披上一片布幔，挥动一件道具，而数百年来我们早已失落的雅观风致，或在你的履践中，不自禁地消受了。

跋　何以写此书

每次得知有朋友要出远门，将去的城镇倘我曾经玩过，我总是很多事地想写下两三页纸，上面记着我觉得他应该去玩去看去吃的地点，让他带着上路。比方说上次有朋友要去加州的伯克利（Berkeley），我便在纸上写下如：

一、印第安巨岩（Indian Rock）必须去。极目四眺。在沙塔克大道（Shattuck Ave.）向北。天气好时，可清楚看到海湾上三座大桥。

二、顶级热狗（Top Dog）的热狗必须一尝，尤其应点烟熏（bockwurst）那种。可能是你平生所吃最好的热狗。在杜兰特街（Durant St., Pacific Film Archives 太平洋电影档案馆对面）。

三、加大莫里森图书馆（Morrison Library）的阅报室。可去那儿的沙发上稍坐，看看报，看看杂志，感受美国老派那种宽大温暖的闲读空间之优处。

四、莫伊（Moe's）旧书店不妨逛逛。在电报大街（Telegraph）。无数的好书被卖到这里，并且很快地又被买走。它始创于嬉皮的二十世纪六十年代，几十年来，每年提出利润的某个百分比捐给伯克利市，算是实践了"取诸人民，用诸人民"理念。

五、地中海（Mediterranean）咖啡馆可坐坐。在莫伊正对面，是伯克利众多咖啡屋中的祖师爷，虽然只始于一九五七年。一九六七年电影《毕业生》中达斯汀·霍夫曼坐店里透过窗子看女友从莫伊出来。此店即使今日仍能见到一些花白胡子的嬉皮背着行囊来此坐下，像是今天下午才刚自远地浪迹而至。

六、蒙特利市场（Monterey Market，在霍普金斯Hopkins）与伯克利碗杂货店（Berkeley Bowl Produce，在沙塔克稍南）两个菜场可逛。蔬果种类之丰丽，令你对"美国市场"

之印象改观。它们卖的冰豆浆，中国台湾早已吃不到矣。

七、阿什比捷运站（Ashby BART）的跳蚤市场可逛。周六、周日两天，充满旧时物，颇称得上露天的美国民间博物馆。

八、看建筑。在千橡区（Thousand Oaks）及全景路区（Panoramic Way）。不少二十世纪初的佳丽家园依然矗立，极多出自名建筑家之手，如朱莉亚·摩根（Julia Morgan，南加州的"赫氏古堡"即她之作）、约翰·赫德森·托马斯（John Hudson Thomas）、伯纳德·梅贝克（Bernard Maybeck）等。

九、看电影。加大美术馆内的太平洋电影档案馆是全美最好的两个艺术电影放映馆之一（另一是 MoMA，纽约现代艺术博物馆），常有出人意料的珍贵影片在此偶作放映。另外一家"古迹影院"，叫 UC 剧院（UC Theatre），是古董大型老电影院，放艺术片，可容千人。

Kyoto for the Layman

我当然也一直想把京都的好玩地点写在纸上给朋友。这个念头已有很多年了。一开始我大约会写下：一、石塀小路。二、宇治川两岸。沿着川散步，最富闲情。川北岸的宇治上神社与南岸的平等院不妨只用来当作散步中某一转折时的点景可也。三、绵熊蒲鉾店（作者新案，已歇业）的甜不辣，如同在台湾所吃之口味，而更胜。四、茂庵。开在吉田山顶的木屋式咖啡馆。五、一保堂附近的寺町与夷川通。老店与町家氛围甚佳。六、奈良公园之林中散步。七、奈良的斑鸠与法隆寺……

几次之后，愈写愈多，如此愈发不易只是两三张纸了。最后，索性写成一本小书算了。

但我仍然希望它像两三页纸那样的随便、那样的轻巧、那样的简略，以及那样的像写给熟朋友的、我想怎么说就怎么说的自在。不知道容不容易做到。

綿熊

はんぺい

天ぷ

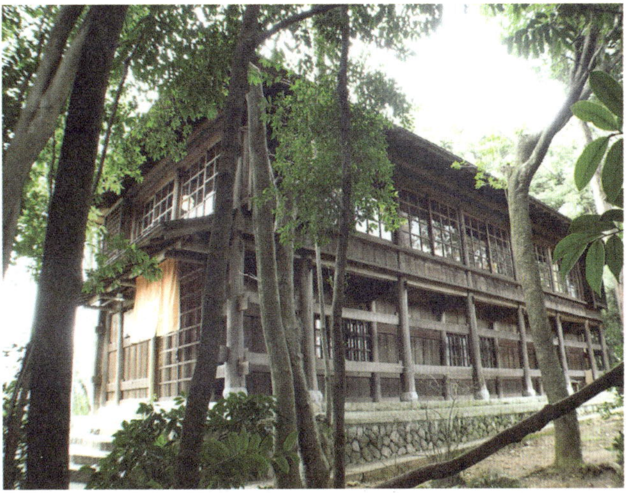

# 附录——
# 京都为什么好玩

京都为什么那么好玩?

我常想这个问题,也一直试着把它回答出来。

其实我已经知道怎么回答了。就是:京都是看的天堂,京都每走几步便是教你盯看的风景。

我去京都,单单看风景就忙不过来了。

本文想就我在京都曾经盯着细看的诸多风景,也及小景,也及弯曲的线条,等等,把它叙说出来,同时借由我当年拍下的照片,请大家一起游逛!

一、先说路上景致。

水面上人家墙边的柿子树,令我停着颇玩赏了一下。桥也倚了,桥下流水也看了,这是三条通的白川桥。走不远,是这样的景象。

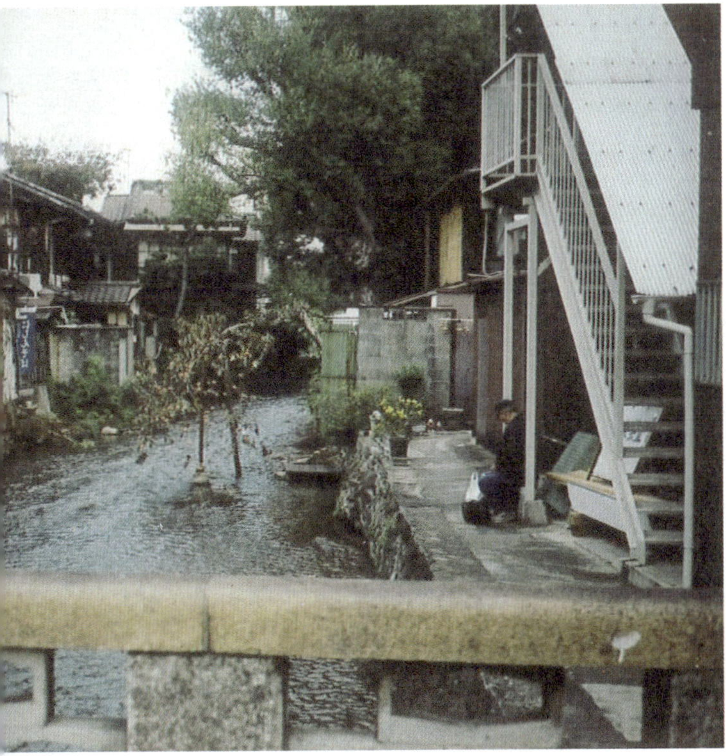

白川流经很多的安静住宅区,每不远,都有桥,而居民骑车经过,也是我停目的风景。

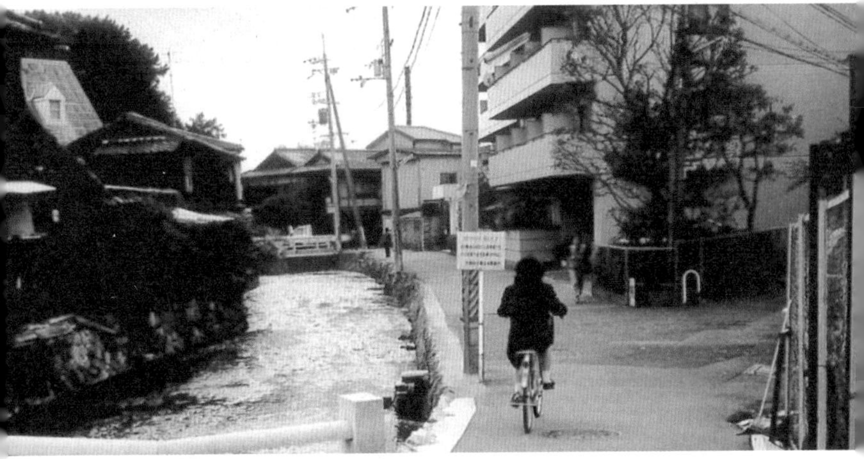

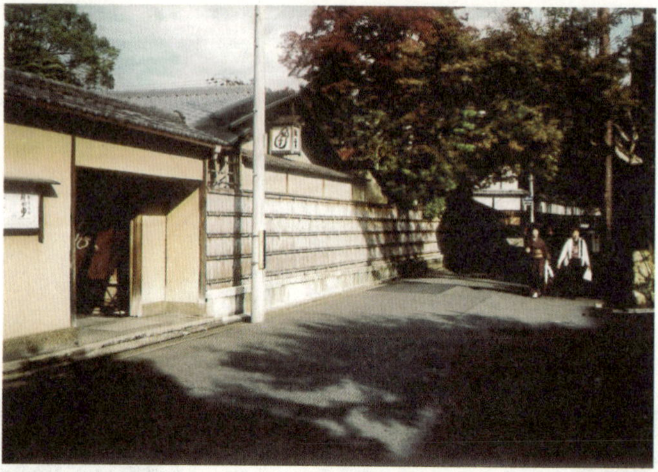

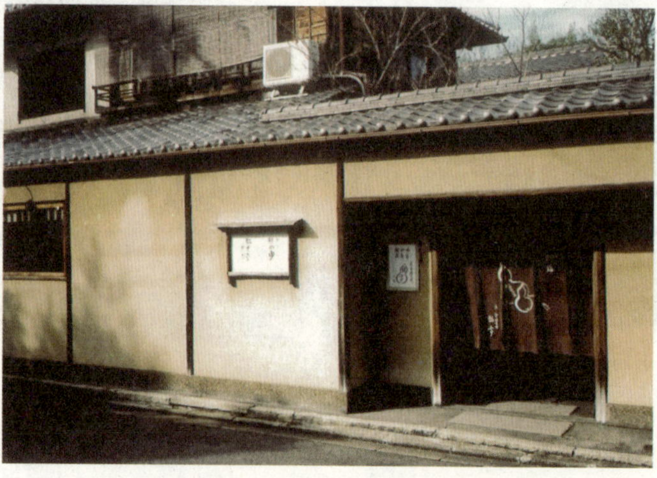

◎ 左页两图：瓢亭。很高级的料理店，虽不进去，但门外的张望，就获得了相当好的游赏。

◎ 右页上图：瓢亭附近的人家门墙。在京都，便是太多教你看不厌的人家门墙。

这两帧也是被人打理得很好的门窗，往往门内也进不去，但又何需真进去？在外面观看就高兴极了，这也逐渐成了我的"门外汉"的哲学。

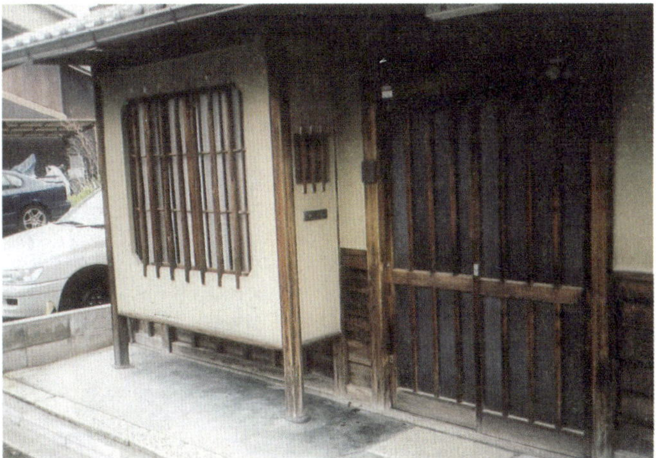

二、是京都的"山门"景。

乃你这走走，那走走，一下子这个山门出现在你面前了，哇，何等雄壮！再一下子，另个山门又出现了，简直太绝了！

全世界哪有城市能够如此？

◎ 左页下图：这山门，是金戒光明寺。
◎ 右页上图：法然院。
◎ 右页下图：青莲院。

不許葷辛酒肉入山門

◯ 左页下图：竹篱茅舍式的山门，是西行庵。
◯ 右页左上：清凉寺的山门。
◯ 右页右上：登往高台寺的阶道。
◯ 右页下图：某个小寺，但山门照样庄严。

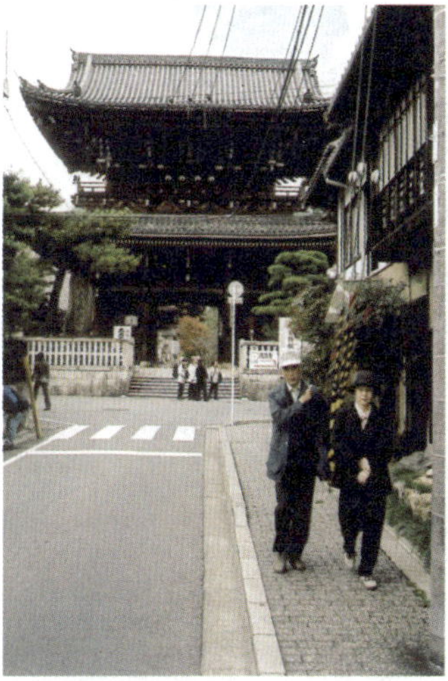
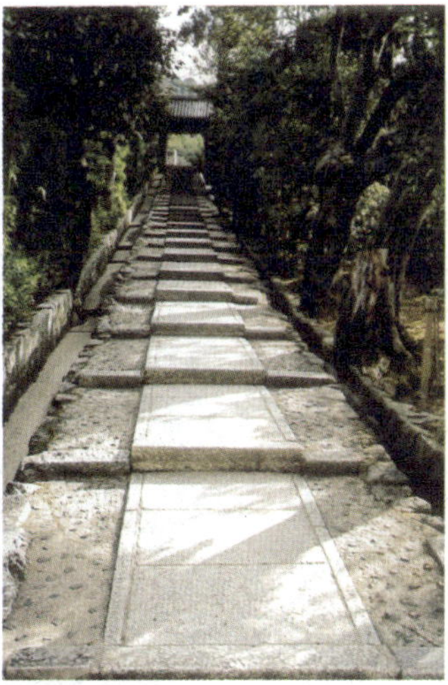
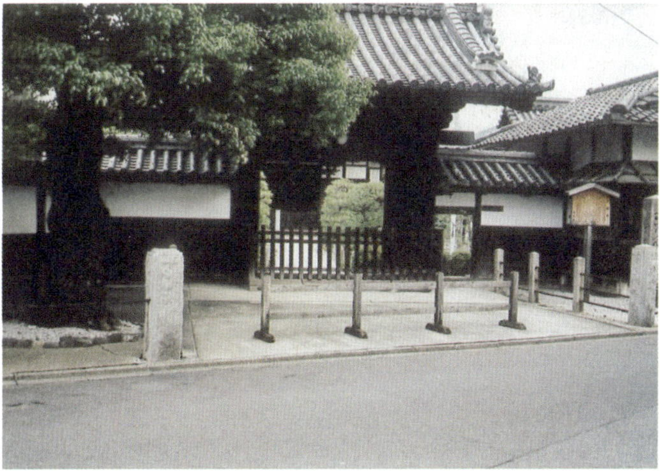

◎ 法隆寺某个侧边门，简朴好看。

三、京都最了不起的，是"驻足处"，或说歇脚亭，或是"等候座"。

图为龙安寺的厕所外也有等候椅。

◎ 左页上图：奈良公园的亭子。
◎ 右页上图：鞍马的休憩所，冬天下雪，入内，门窗还可关上。
◎ 右页下图：宇治路边的亭子。

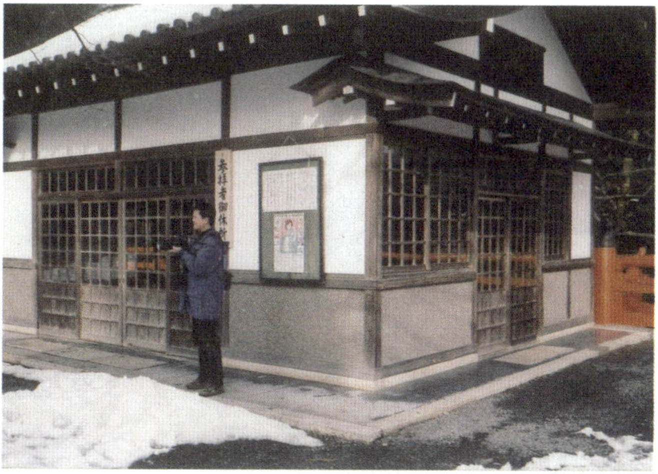
参拝者御休

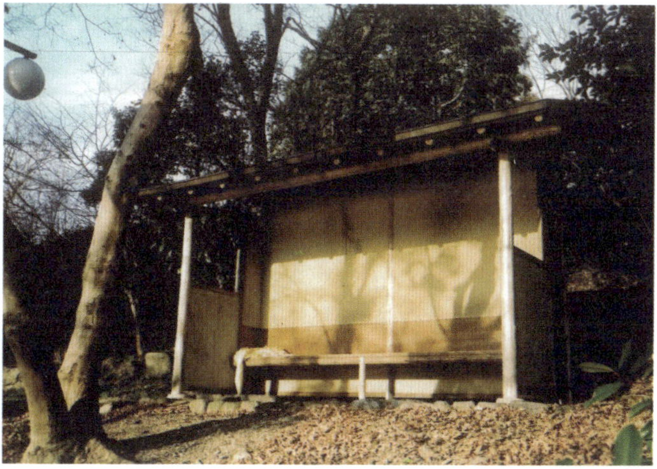

◎ 右页上图：法隆寺里的「无料休憩所」（免费休息处），我每去，必去一坐。
◎ 右页下图：也是一个休憩处。
◎ 左页三图：「浮见堂」这个亭子，建在池上。也在奈良公园。

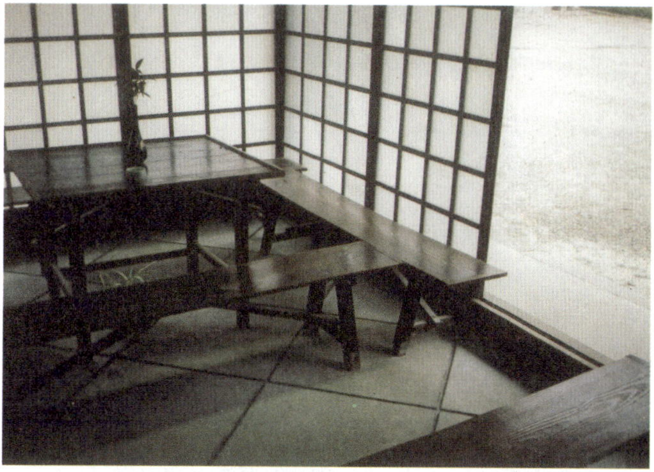

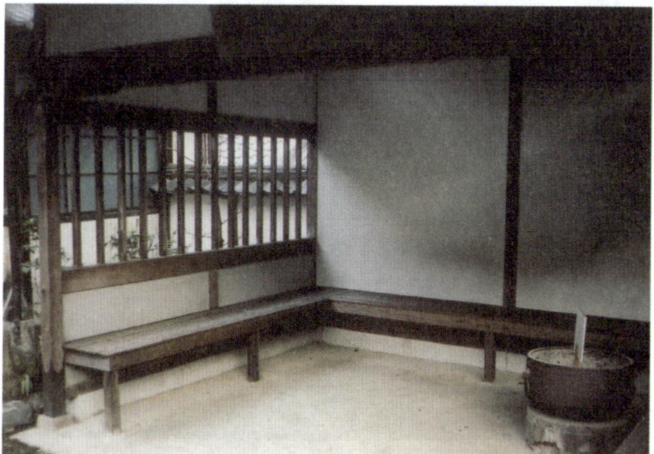

再就是，四、长墙景。

你不见得在某些城市特别去注意"墙"，但在京都、奈良，墙是极佳的景观，也是你身旁最好的"造境"。你在它旁边走一走就愉悦极了。

啊，京都的景致真是看不尽。

◎ 只是人家的墙，但已有古风。

○ 法隆寺很珍贵的墙。

◎ 墙之旧、之重砌土,最后成为浑然的图案。

◎ 两面的墙皆经典。

◯ 天色昏暗中，但墙仍是观赏的亮点。

◯ 这种墙，京都极多，但举世各地，真不多也。

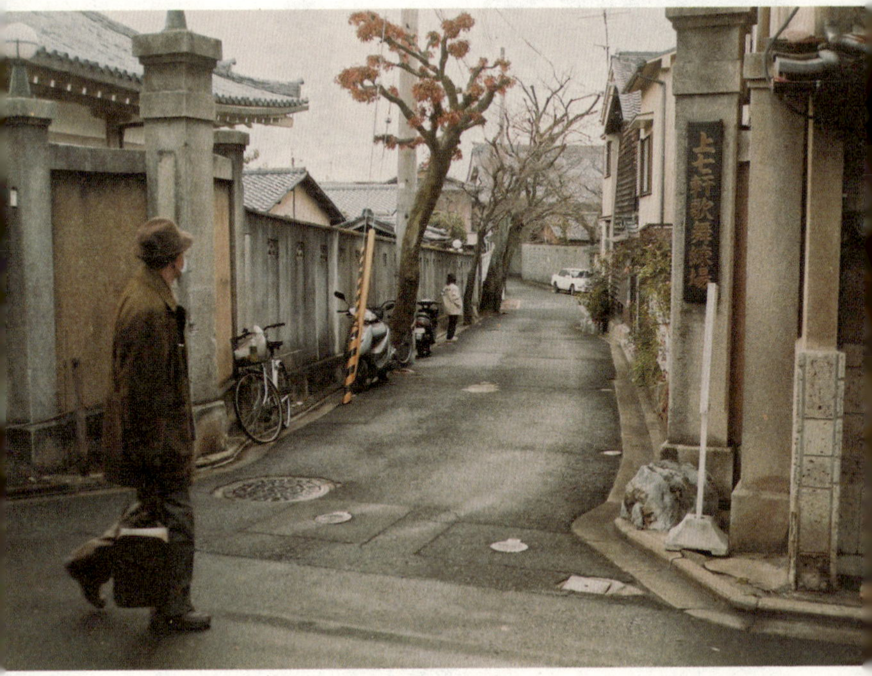
上七軒歌舞練場